내 자리는
내가
정할게요

■ 이 도서의 국립중앙도서관 출판예정도서목록(CIP)은
서지정보유통지원시스템 홈페이지(http://seoji.nl.go.kr)와
국가자료공동목록시스템(http://www.nl.go.kr/kolisnet)에서 이용하실 수 있습니다.
(CIP제어번호: CIP2020019700)

여성 앵커의
고군분투
일터 브리핑

내 자리는
내가
정할게요

김
지
경

마음산책

내 자리는 내가 정할게요
여성 앵커의 고군분투 일터 브리핑

1판 1쇄 발행 2020년 5월 25일
1판 2쇄 발행 2020년 8월 25일

지은이 | 김지경
펴낸이 | 정은숙
펴낸곳 | 마음산책

편집 | 권한라 · 성혜현 · 김수경 · 이복규   디자인 | 최정윤 · 오세라
마케팅 | 권혁준 · 김종민   경영지원 | 박지혜

등록 | 2000년 7월 28일(제13-653호)
주소 | (우 04043) 서울시 마포구 잔다리로 3안길 20
전화 | 대표 362-1452 편집 362-1451   팩스 | 362-1455
홈페이지 | http://www.maumsan.com
블로그 | maumsanchaek.blog.me
트위터 | http://twitter.com/maumsanchaek
페이스북 | http://www.facebook.com/maumsan
인스타그램 | http://www.instagram.com/maumsanchaek
전자우편 | maum@maumsan.com

ISBN 978-89-6090-618-1 03810

* 책값은 뒤표지에 있습니다.

우리가 알게 모르게, 곳곳의 왕언니들이
그래도 세상을 조금씩 바꾸고 있다.
나도 언젠가 중요한 결정을 내릴 수 있는
왕언니의 위치에 오르면
'젊음과 미모'라는 획일적인 기준 말고,
다양한 매력과 능력을 반영해
색색깔 아름다운 이들로 스튜디오를 채워보고 싶다.

네? 앵커요? 제가요?

_마흔 살, 어느 날 앵커 미션을 받다

열심히 '받아 치기'를 하던 중이었다. 경력이 10년 하고도 몇 년이 더 붙은 방송기자지만 정치팀은 처음이고, 이날도 정치팀 기자의 기초 중에 '생'기초라고 할 수 있는 '받아 치기'에 최선을 다하고 있었다.

여기서 받아 치기란? 국회는 무엇보다 정치인들의 '말'이 중심이 되는 곳이다 보니, 공식적인 브리핑이 이뤄지는 국회 정론관뿐 아니라 주요 회의 장소, 이슈가 되는 정치인이 있는 곳이면 어디든 기자들이 나타나 의자에 앉든 바닥에 쭈그리고 앉든 정치인들이 하는 말을 노트북에 받아 치는 모습을 볼 수 있다. 정치인의 말은 그 자체로 기사가 되기도 하고 기자들은 이런저런 말을 종합해 정치판이 돌아가는 맥락을 짚고, 그걸 토대로 추가 취재도 하게 되는 것이다.

그런데 나이가 들면 손가락도 굼떠지는 것인지, 나의 귀와 마음을 당최 따라잡지 못하는, 후배들과 비교해 현격히 속도가 떨어지는 나의 비루한 손가락을 탓하며 그래도 나름 열심히 최선을 다하고 있던 그때, 갑자기 노트북에 카카오톡(이하 카톡) 메시지가 떴다.

"파이팅이다!"

'엥? 선배가 오래간만에 갑자기 연락을 해서 파이팅이라니…… 이게 뜬금없이 무슨 소리지? 내가 정치팀 와서 삽질하고 있다고 소문이라도 난 건가? 요새 술을 좀 많이 마셨는데 내 상태가 너무 안 좋아 보이나?'

잡생각을 하는 사이 또다시 정치인들의 주요 발언을 놓치고 망연자실하던 터, 이젠 전화에서 불이 나기 시작했다. 부장, 에디터, 다른 선후배들…….

깜짝 놀라 전화를 받아보니 세상에.

나더러 뉴스 앵커를 하란 얘기였다. 지금은 아나운서 둘이 진행하고 있는 주말 아침 뉴스를, 그것도 진행시간이 거의 한 시간 반에 육박하는 주요 뉴스를, 남자 기자와 둘이 맡아서 하라는 거였다. 뉴스나 프로그램 진행 경험이 없는 기자가 새로 앵커를 맡는 건 오랜만의 일이었다. 게다가 이른바 40대 아줌마가 앵커라니, 이례적 인사였다.

다른 보도국 기자들에게도 궁금증은 샘솟듯 솟아났다.

"갑자기 왜 저예요?"

"기자들 중에 앵커군이 너무 없어서 주말 아침에 훈련용으로 시켜보려고."

"근데 왜 저를?"

"그건 잘 모르겠네? 너도 모르니?"

"전 경험도 전혀 없는데, 망하고 욕먹고 아예 보도국에서 쓸쓸하게 퇴장당하는 거 아닐까요?"

"뭐, 그럴 수도 있지. 일단은 3개월 버티는 게 목표다. 그 뒤에 잘리면 원래 3개월만 하고 바꾸려고 했다고 말해줄게."

이건 참 웃어야 할지, 울어야 할지.

그런데 방송 첫날은 한 달도 채 남지 않았다. 온갖 걱정이 쓰나미급으로 밀려오는 가운데, 일단 시급히 해결할 과제 하나가 머리를 스쳤다.

'아오, 앵커 룸에 77사이즈 옷은 없을 텐데.'

그리고 내 경험상, 슬픈 예감은 틀린 적이 없다.

차 례

프롤로그　네? 앵커요? 제가요?　　　　　7
　　　　　_마흔 살, 어느 날 앵커 미션을 받다

1 이 세계는 어떻게 돌아가는가

이 세계는 어떻게 돌아가는가　　　　　15

다이어트, 상처받은 자의 탈선　　　　　19

화장, 해도 난리, 안 해도 난리　　　　　23

드디어 리허설 돌입　　　　　30

우리, 이기는 싸움을 하자　　　　　37

배신과 음모가 판치는 자리?　　　　　44

기자 앵커 vs. 아나운서 앵커　　　　　49

새로운 언어의 세계　　　　　57

네 일을 좋아하나 보다, 아직까지는　　　　　65

2 할 만큼 했다는 생각이 들어서

누가 워킹맘의 전투력이 약하다 하는가　　　　　77

감히 상상할 수 없는 마음　　　　　85

여자 앵커 업무 시간표　　　　　91

77사이즈란 무엇인가   101

제발 웃지만 않게 해주세요   107

임신 뒤 내 출발선은 100미터 뒤로   113

난 어쩌다 꼰대가 됐을까   122

할 만큼 했다는 생각이 들어서   131

앵커는 생리중   139

아이고, 뉴스 특보입니다   147

3 내겐 너무 멋진 언니들

술 핑계, 아무 때나 대지 말 것   159

앵커 멘트, 제대로 하려면 끝이 없지   169

남성과 여성은 같은 세상에 사는 걸까   180

살인, 아니 시신의 기억   188

마이 앵커 스타일   198

기상 캐스터 옷은 왜 그래?   208

1년은 버틴 비법   217

내겐 너무 멋진 언니들   224

힘들 땐 스카이다이빙   233

에필로그 기억하리, 빨간 불빛을   244

1

이 세계는
어떻게
돌아가는가

이 정도면 됐다.

우리

죽지 말고

잘 살아남자.

세상이

조금씩은 계속

바뀌겠지.

이 세계는
어떻게 돌아가는가

앵커 룸에 77사이즈 옷이 없을 거라는 건 그저 선입견이 아닌 논리와 경험에 기반한 매우 합리적인 예측이었다.

첫째, 눈 씻고 찾아봐도 77사이즈로 보이는 앵커가 없다.

둘째, 10년 전쯤 갑자기 스튜디오에 출연할 뻔해서 옷을 빌리러 들어갔을 때 내게 맞는 옷이 없었다(당황스럽고 억울하고 뭔가 복잡했던 그 마음 때문에 10년이 지났는데도 뚜렷하게 기억한다).

'나에게 맞는 옷을 부디 미리 구해주셔야 한다'는 얘기를 도대체 누구에게 해야 하나 고민에 빠져 있는 사이, 베테랑 앵커인 동기 Z가 너무나 감사하게도 든든한 동아줄을 내려주었다.

"너, 코디는 있니?"

"응? 그런 게 있을 리가! 이 세계는 도대체 어떻게 돌아가는 곳이니?"

"코디는 프리랜서 개념이고 방송 횟수별로 운영부에서 비용을 지급하니, 네가 편한 사람과 일하면 된단다."

"편한 사람이고 뭐고, 나는 아는 분이 전혀 없으니 부디 너의 코디님을 소개해주렴! 정말 고맙구나!"

이렇게 해서 받게 된 코디님의 소중한 전화번호를 들고, 나는 국회팀 기자들이 모여 있는 사무실을 조용히 빠져나가 복도 구석에서 전화를 걸었다.

"안녕하세요. 전 새로 뉴스를 진행하게 된 사람입니다. 고민이 있어서 전화드렸어요. 제가 옷 사이즈가 77이라…… 작고 뚱뚱하면 괜찮을 텐데 제가 좀 크고 뚱뚱합니다. 그리고 출산 이후에 뱃살이 특히 심각해서…… 중앙 집중성 비만 아시죠? 뭐랄까요, 거미형 몸매라고 해야 할까요, 아니면 다이아몬드?"

입을 가리고 조용조용 말하는 모습에 다른 기자가 지나가다 봤으면 '무슨 대특종을 취재하나' 하고 오해했을 것 같다. 여하튼 그렇게 처음으로 통화를 했고, 코디님은 나한테 맞는 옷을 가져다주겠다고 약속했고, 우리는 무려 '의상 피팅'을 위해 보도국 한 편에 있는, 앵커들이 사용하는 사무실에서 만났다.

하지만! 절박하고 구구절절한 설명에도 코디님은 내 말을 믿지 않았다는 충격적인 사실이 드러났다. 가져온 옷 네 벌 중에서 혹시나 하고 가져왔던 큰 옷 한 벌만 나에게 맞았던 것이다!

옷을 한 벌 한 벌 갈아입고 나올 때마다 얼굴이 한층 한층 어두워지던 코디님은 전문가답게 곧 냉정을 되찾고 말했다.

"하의는 77, 상의는 66 반이시네요."

그리고 질문이 이어졌다.

"그런데 출산을 언제 하셨기에……."

"저……. 출산은 실은 1년도 더 됐는데요. 하하! 원래 제가 좀……. 그래도 임신했을 땐 80킬로그램이 넘었다가 많이 빠진 건데……. 하하."

웃으면서 말했지만 속으로는 부아도 났다. 아니 내가 그렇게 77사이즈라고 말하고, 미리 전화까지 했는데! 왜 코디님은 내 말을 믿지 않았을까?! 내가 농담이라도 하는 거라고 생각한 건가? 방송국에는 77사이즈라고는 없는 것인가?

정장 재킷 안에 입는 민소매 티 밖으로 울퉁불퉁 튀어나온 내 배를 쳐다보던 코디님의 마지막 한마디는 나를 더욱 고통과 충격 속으로 빠뜨렸다.

"저 코르셋을 한번 구입해보시는 건 어떨까요?"

'아니 지금 여성들이 '탈코르셋 운동'을 하는 마당에 저한테 코르셋을 사라는 겁니까?! 그게 말이 됩니까?!'

물론 이 말은 속으로만 외치고 꾹 삼켰다. 앞으로 잘 보여야 할 코디님이었다.

하지만 세상엔 늘 나쁜 게 있으면 좋은 점도 있는 법.

그 뒤로 코디님이 가져다준 내 옷들은 가격표가 붙어 있는, 새 옷들이었던 것이다.

다이어트,
상처받은 자의 탈선

쿨하고 싶었다.

대범하고 싶었다.

맞는 옷이 없으니 살 빼라는 말은 넘기고 싶었다.

"55는 바라지도 않으니 66까지만 만들자"는 후배의 구박도 신경 쓰지 않고 싶었다.

여성의 몸에 대한 억압을 멈추라! 날 있는 그대로 인정하라! 외치고 싶었다.

하지만 나는 상처받았고, 모두 알 것이다. 상처받은 사람들이 얼마나 쉽게 변절하고, 비뚤어지고, 이상해질 수 있는지.

퇴근길, 그녀와 마주치지만 않았더라도 그런 극단적인 방법은 쓰지 않았을지도 모른다. 원래도 외모가 인형 같은 후배 A가 갑자기 물어보지도 않은 얘기를 꺼낸 것이다.

"선배, 저 좀 달라 보이지 않아요?"

"응? 뭐?"

"다 달라졌다고 하던데…… 지난 휴가 때 여행이 취소되는 바람에 디톡스 주스만 마시고 운동해서 살이 쫙 빠졌잖아요. 다들 뭐 한 거냐고 물어보더라고요."

"너 원래도 날씬했는데 뭘……"

일상적인 대화 끝에 내 머릿속에 선명하게 남은 건 '디톡스 주스'.

그런 게 한때 매우 유행했다는 것만 희미하게 기억하고 있었는데, 인터넷을 뒤져보니 귀찮게 직접 만들 필요 없이 판매용 주스가 있었고, 아예 3일 동안 그 주스만 먹을 수 있도록 묶음 상품까지 팔고 있었다. 게다가 때마침 설 연휴가 코앞이었다.

옳다구나! 맛있는 설음식을 못 먹는다는 단점을 빼면 완벽한 조건이 아닌가! 난 바로 디톡스 주스를 주문했다.

며칠 뒤 기대에 부푼 맘으로 주스가 든 박스와 안내문을 받아 들었다. 하루 종일 조그만 주스 다섯 병, 배가 너무 고

프면 에너지바를 오후에 하나씩 먹으면 된다는 거였다. 주스도 오렌지맛, 딸기맛, 꽤 다양하고 맛있는 데다가 하루에 다섯 개씩이나 먹는데, 이 정도쯤이야 괜찮을 거라는 생각이 들었다.

도중에 온갖 유혹과 역경이 있었지만 이를 모두 막아내고 3일의 프로그램을 마쳤다. 결과는 성공적이었다! 3일 동안 2킬로그램 정도가 빠진 거였다. 몸무게 수치가 나날이 늘어만 갔는데, 증가세가 감소세로 변곡점을 찍다니! 그리고 2킬로그램 빠진 덕분에 실로 너무나 오랜만에 '5'라는 몸무게 앞자리 숫자를 목도한 터라 나의 감격은 더욱더 컸다. 심지어 몸에 붙는 모든 옷을 소화해낼 거라는 자신감마저 생기는 듯했다.

하지만……. 대개 다이어트가 그러하듯 디톡스 다이어트도 부작용과 후유증을 남겼다.

첫 번째는 가정불화.

말초적인 욕구, 특히 식욕을 절대 견디지 못하는 나의 성격을 간과하고 다이어트를 한 게 문제였다.

원래도 좋지 않은 성격이 더욱 극단적으로 치달아, 남편 K는 이미 다이어트 첫날부터 이 짓을 중단하자고 애걸복걸하기 시작했다. 살을 빼는 대신에, 아예 살을 더 찌워서 캐릭터를 만드는 방법도 있다고 나름 논리까지 만들어 나를 설득했다. 마지막 날에는 이 주스를 만든 업체 대표는 ×새끼, 우리 집안의 원수가 되어 있었다.

두 번째는 요요.

2킬로그램이 빠진 건 3일을 주스만 먹었기 때문이고, 다시 뭔가를 먹기 시작하니 바로 살이 쪘다. 특히 3일 연속 밤에 술을 마시고 나니 몸무게는 바로 원상 복귀, 아니 그 이상을 기록하게 됐다. 나의 다이어트는 허망하게도 눈치채는 사람도 없이, 결국 다이어트 사건의 직접적 피해자 K와 설날인데 떡국도 안 먹겠다고 버티며 주스를 마시던 나를 어이없다는 눈빛으로 바라보던 양가 가족들만 아는 황당한 사건으로 지나가버렸다.

그리고 다이어트 직후 피팅을 했던 하얀 바탕에 검정 칼라가 있던 그 세련된 재킷은, 방송 직전에 입어보니 다시 터무니없게 작아져서 결국 방송엔 입고 나갈 수 없었다.

화장, 해도 난리,
안 해도 난리

알고 있다. 가볍게 써내려가긴 했지만 그렇게 간단한 문제가 아니라는 걸.

아직도 코미디 프로그램에서 살집이 많은 여성을 비하하고 놀리는 것을 '유머'라며 내보내는 사회, 성형 산업이 세계적인 수준으로 발달할 정도로 외모 관리 압박이 심한 사회, 고등학교 졸업 선물로 성형을 시켜주는 사회, 외모에 대한 불만과 스트레스로 수술을 하다 사고로, 또는 이를 비관해서 숨지는 사회.

연예인과는 비교도 못하겠지만, 방송국에서 일하는 사람으로서 외모에 대한 얘기는 직간접적으로 숱하게 들어왔고,

그때마다 잘 정리되지 않는 생각들로 머리가 복잡했다.

장면 1

수습기자 시절, 회사 건물 앞, 인적이 드문 어두컴컴한 등나무 아래로 소집 명령이 떨어졌다. 하루에 길어야 서너 시간을 경찰서에서 자며 잘 씻지도 쉬지도 못했던 동기들은 꼬질꼬질한 모습으로 모여들어 오늘은 또 무슨 일로 혼나는 걸까 불안한 눈빛을 교환했다.

"야! $%DX&&%! 누가 청바지 입고 다니랬어! 복장 신경 쓰랬지! 너네 방송기자 맞아?!"

이날의 문제는 청바지. 지금보다 보도국의 인권 감수성이 훨씬 더 떨어졌던, 술자리에서 쌍욕은 물론 심하면 병까지 날아다니던 시절이었다. 인생에서 처음 듣는, 육두문자가 포함된 쌍욕을 청바지를 입었다고 먹게 되다니.

하지만 선배들도 나름의 이유는 있었다. 방송기자는 신문기자와 달리 언제든 방송에 나올 수 있고, 그에 대비해서 최소한 세미 정장을 입고 다녀야 하며, 수습기자도 마찬가지라는 거였다. 그래, 쌍욕을 먹긴 했지만, 어느 정도 인정. 난 이제 복장에 신경 써야 하는 방송기자가 된 거구나.

장면 2

그로부터 몇 달 뒤, 사회부 기자들에겐 큰 시련이 닥쳐오는 장마철이었다. 그해에는 유독 비가 더 많이 내리면서 다리도 집도 도로 들도 물에 잠겼고, 사회부 기자들이 중계차를 타고 현장 상황을 설명하는 일이 많았다. 그런데 침수 현장 앞에서 생중계를 하던 한 여자 선배의 복장이 문제가 됐다.

"야! $#@%%$$$! 지금 침수되고 난리인데 네가 귀고리를 하고 중계차를 탄다는 게 말이 되냐?! 생각이 있어 없어?! 다음에 한 번만 더 걸리면 귀를 찢어버린다!"

세상에 귀를 찢어버린다니……. 하지만 재난 현장에서 화려한 복장을 하는 건(그 귀고리가 얼마나 화려했는지는 잘 기억이 안 난다) 피해를 입은 당사자들이나 시청자들이 보기엔 좋지 않겠지. 그 부분도 인정. 재난 현장에 나갈 땐 무조건 '회사 잠바'를 입어야겠다는 교훈도 함께 장착.

장면 3

이젠 시간이 흘러 나도 후배들이 좀 생긴 때였다. 김대중 전 대통령이 서거해 장례가 치러지던 날, 나는 김 전

대통령의 집 앞에 있었다. 운구 행렬이 지날 때 그 모습을 전하고 고인의 집과 기념관을 설명하는 게 그날 나의 임무였다. 그런데 운구 행렬이 도착하기 전, 중계석에 앉아 얼굴이 번들거리지 않도록 파우더를 바르는 모습을, 한 후배가 스튜디오에 연결된 화면으로 봤나 보다. '실망했다'라는 그 후배의 말을 나중에 전해 들었다.

"아니 화장을 해도 $#이고, 안 해도 $#이야!"

이번엔 내가 버럭 했다. 뭐가 실망이라는 것일까. 그 순간 취재를 안 하고 분칠을 해서? 평소 안 꾸미는 줄 알았는데 화장을 해서? 가꾸지 않으면 방송기자로서 전문성이 부족하다고 비난하면서, 또 대놓고 꾸미거나 화려한 사람은 안 좋게 보는 이 모순적인 시선은 무엇이란 말인가. 자기 기준에 못생기고 뚱뚱하면 게으르다, 무능하다 욕하면서, 성형한 게 티 나면 '성괴'라며 비하하는 이런 이상한 세상.

장면 4

이제 후배도 꽤 많아지고, 내가 '꼰대' 축에 들어가게 됐을 때 벌어진 일. 속을 터놓고 지내는 친한 남자 선배가 조심스럽게 물어 왔다.

"A기자(여)가 화장을 전혀 안 해서……. 너무 기자 같지 않고 학생 같고, 좀 촌스러워 보인다는 말들이 있는데, 화장 좀 하라고 하는 거에 대해서 어떻게 생각해?"

"A기자가 특히 더 촌스럽다는 생각은 안 해봤는데요? 촌스러워 보이는 걸로 따지면 B기자(남)가 최고인 것 같은데……."

"A기자 얘기를 하는 선배들이 좀 있어서. 화장을 하고 좋은 평가를 받는 게 그 기자 입장에서도 좋은 거 아닐까? 내가 여기자에 대한 선입견 때문에 화장을 하지 않는 A에 대해 이렇게 생각하게 되는 걸까?"

"기자 같지 않고 너무 학생 같으니 정장을 좀 더 갖춰 입어보라고 말할 수는 있을 것 같아요. 그런데 훨씬 더 촌스러워 보이는 B도 있는데 A한테만 화장을 하라고 말하는 건 좀 아닌 것 같습니다. 화장이야 자기가 알아서 하는 거죠, 뭐."

얼마 뒤 난 A한테 가서 웃으면서 너무 학생처럼 입지 말고 정장을 좀 입어보라고 말했다. 사실 꾸미는 건 전혀 관심도 없고, 어떻게 하면 기사를 잘 쓰고 특종을 건질지 고심하는 A가 좋았다. 솔직히 A가 끝까지 화장을 하지 않는 여기자로 남아도 좋겠다는 생각을 했다.

내가 '여기자한테 외모 관리를 강요하지 마라!'며 살을 빼지 않겠다고 하자, 후배들이 수많은 반론을 제기한다.

"선배, 우리 팀만 봐도 남자인 B, C가 지금 피티(PT) 받고 있잖아요. 정신 차리세요."

"D선배가 남자 앵커로 결정됐을 때, 술 안 먹고 밥 안 먹고 엄청 살 뺐던 거 생각 안 나요?"

"옆 부스에 있는 S본부 그 기자도 얼마나 관리하는데요. 하루에 한 끼밖에 안 먹는대요."

칼 폴라니가 말한 것처럼, 자본주의는 시장화하면 안 되는 인간의 외모까지 '악마의 맷돌'에 밀어 넣어버렸다. 예전엔 주로 여성의 외모만 강조하더니 이제 남성의 몸까지 빠른 속도로 흡수하는 이 무시무시함이라니. 하지만 이미 예뻐지고 싶은 욕망과 그 사회적 기준이 정착된 상태에서 꾸미지 말라고 하면 이 또한 얼마나 억압인가. 역시 "나 성형 수술한 페미니스트다, 그래서 어쩔?"이라고 말한 영국 언니 안젤라 노이스태더가 옳다. 우리가 선택하지 않은, 이 분열된 문화에서 서로의 결정을 비난하지 말고 선택을 지지해주자는…….

내가 이런 쓸데없는 생각을 하며 맥주를 홀짝이고 뱃살을 키워가는 사이에, 나와 같이 방송을 시작하기로 한 남자 기자는 피부과 시술을 받고 얼굴 여기저기에 피부 재생 반창고를 붙이고 나타났다. 사람들이 놀려댔지만, "껄껄, 기미 좀 뺐어요." 개의치 않았다.

그리고 보니 앗, 방송도 얼마 남지 않았네.

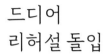

드디어
리허설 돌입

리허설을 하러 아침 뉴스를 제작하는 스튜디오로 모이라는 연락을 받았다. 방송기자지만 그동안 직접 뉴스 스튜디오에 들어갈 일은 한 손에 꼽을 정도로 적었다.

다음은 기자의 얼굴을 뉴스에서 보게 되는 흔한 사례.

스탠드업? 온마이크? 와빠?

보통 앵커가 "○○○ 기자의 보도입니다"라고 말한 뒤에 나오는 기자 목소리가 흐르는 영상을 리포트라고 부르는데, 여기서 한두 문장 정도 기자가 마이크를 들고 직접 화면에 등장해 전하게 된다. 화재 현장에서 '아직 불길이 꺼지지 않고 있다'든지, 수해 현장에서 '폭우로 물이 이 무릎 높이까지 차올랐다'라고 말하는 게 대표적일 텐데, 이걸 부르는 용어는 회사마다 좀 다르다. 스탠드업, 온마이크, 비속어로 '와빠 잡는다' 등등. 최대한 기사 내용과 부합하게, 현장을 잘 보여주도록 미리 촬영을 해서 나중에 편집하는데, 스탠드업은 시간이 허락하는 한 마음에 들 때까지 몇 번씩 다시 촬영할 수 있다. 영상취재 기자에게 구박은 좀 받겠지만.

중계차로 현장 연결

스튜디오에서 앵커가 "현장 연결해서 자세한 소식 들어보겠습니다. ○○○ 기자!"라고 부르면 기자가 나타나서 그곳의 소식을 전해주는 것이다. 이때도 역시 기자가 있는 곳은 스튜디오가 아니라 현장이다. 중계차는 예전에는 재난 현장이나 피의자 출석 현장 등 사건 사고가 있는 곳에 주로 출동했지만, 최근에는 국회나 청와대, 검찰 등 주요 출입처와 연결해 자세한 설명을 듣는 용도로도 자주 쓰이게 됐다.

하여튼! 말하고 싶었던 것은 기자에게도 스튜디오가 생각만큼 익숙한 공간이 아니라는 것이었다. 요즘에야 기자가 스튜디오에 출연해 앵커와 대담을 나누는 경우가 늘었지만, 10여 년 전 몰래카메라로 사기범들이 전두환 정권이 숨겨둔 금에 투자하라며 사기를 치는 생생한 현장을 잡았을 때, 아침 뉴스의 '사건기자 24시' 코너에 출연한 게 나에겐 마지막이었다. 그런데 스튜디오 안에 들어가서 출연도 아니고 앵커로서 뉴스 진행이라니…….

리허설이라고 해서 그저 연습을 위해 뉴스 피디 선배와 나, 남자 앵커 정도 모이나 보다 했는데 스튜디오에 가보니 실제로 아침 뉴스를 만드는 스태프들이 모두 기다리고 있었다. 기술 감독, 오디오 감독, 카메라 감독, 에이디(AD), 스크립터…….

맙소사. 외모에 발음에 흠잡을 게 없는 아나운서 출신인 훌륭한 전임 앵커들과 나는 또 얼마나 비교가 될 것인가. 게다가 뭐? 지금 여자 앵커는 미스코리아 출신이라고?! 위축된 마음은 더욱 쪼그라들었고 이런 상황은 피디 선배의 깊은 근심으로 이어지게 됐다. 처음이니 긴장하고 실수할 수도 있다고 생각했지만, 예상하지 못했던 문제들까지 툭툭 불거져 나왔다.

안면경직 증세

돌이켜보니 원흉의 하나는 속눈썹이었다. 평소 귀찮아서 화장도 잘 안 하는데, 긴 속눈썹을 붙이고 나니 눈을 제대로 뜨기가 힘들었다. 게다가 뉴스 진행 첫날 분장팀은 눈이 너무 처져 보인다고 걱정하며 나의 외모를 보완해주겠다는 강한 의지를 보이더니 테이프로 인공 쌍꺼풀을 만들어주었다. 안 그래도 얼어붙어 있는데 갑자기 생긴 쌍꺼풀도 신경 쓰이고 무거운 속눈썹을 끌어올리기 위해 자꾸 눈을 동네 앞 장승처럼 부릅뜨게 됐다. 그리고 화면에도 정직하게…… 장승처럼 나왔다.

불안한 내 눈빛과 몸뚱이

스튜디오 안 앵커 자리에 앉고 보니 챙겨야 할 것, 봐야 할 것들이 생각보다 어마어마하게 많았다. 앵커 멘트는 기본이었고 내 모습은 옷이나 머리가 헝클어지지 않고 바른 자세로 카메라에 잘 잡히고 있는지, 지금 온에어 중인, 그러니까 실제 방송에 나가고 있는 영상은 무엇인지, 방송 시간은 얼마나 남았는지, 다음 리포트는 무엇인지, 거기에 맞춰 나는 어디로 이동해야 하는지…….

앵커를 단독으로 잡는 카메라는 한 대이고 두 앵커가 번 갈아 그 앞에 앉아서 진행한다는 걸, 그래서 경우에 따라 내 가 기사를 읽으면서 일어나 자리를 비켜주면 남자 기자가 재빨리 그 의자에 앉아 다음 뉴스를 진행하는 고난도 묘기 상황도 벌어지게 된다는 걸 처음 알았다.

어디로 갈지 모르고 방황하는 내 눈빛과 몸뚱이……. 방 송을 진행하면서 다른 회사 뉴스까지 같이 모니터링해서 빠진 뉴스를 챙긴다는 베테랑 앵커들의 경지는 차마 상상 하기도 힘든 지평선 저 너머에 있었다.

주체할 수 없는 뇌의 자유연상

방송기자들에게 회자되는 '머리 하얘짐' 증상이 란 게 있다. 중계차를 연결할 때 앵커가 "○○○ 기자!"라고 부르는 순간 머릿속이 하얘져서 열심히 취재하고 외웠던 기사 내용을 순식간에 모두 까먹고 아무 말도 못 하게 되는 것이다. 그래서 누구는 던져뒀던 기사를 다시 집어 와서 읽 었다더라, 누구는 자기도 모르게 욕을 했다더라, 전설처럼 내려오는 얘기도 많다.

스튜디오에는 안정적으로 기사를 보여주는 프롬프터(연

설문이나 대본 등을 표시해주는 디스플레이 장치)도 있고 방송 여건이 훌륭하지만, 모든 게 생방송이고 한번 실수하면 그대로 전국에 방송된다는 압박감은 중계차 이상이었고, 그 생각을 한번 하기 시작하면 말도 안 되는 이상한 생각이 꼬리에 꼬리를 물고 따라왔다.

'내가 실수하면 바로 다 나가는 거 아냐? 아, 전에 진행하다 웃는 모습이 찍혀서 짤로 돌았던 선배 생각이 나네. 아직도 검색되던데……. 엄마가 친구들한테 자랑할 텐데 우선 비밀로 하라고 해야겠다. 아, 실수하면 안 될 텐데……. 아니, 근데 후배 녀석은 왜 앵커 멘트를 이렇게 성의 없게 썼어. 안 되겠구먼, 전화해서 한 소리 해야지. 이럼 안 돼. 집중! 집중! 정신 차려! 근데 옷은 또 왜 이리 끼여. 악!'

이렇게 한번 뇌 작용이 삼천포에 빠지고 나면 어김없이 말을 틀리거나 순서를 헷갈리는 실수로 이어졌다.

"괜찮아요, 괜찮아요. 처음엔 다 그런 거죠. 괜찮아요……."

리허설이 끝나고 난 뒤 스튜디오에는 스스로를 위로하는 듯한 피디 선배의 쓸쓸한 목소리가 이렇게 메아리쳤다.

마음이 무거웠다.

나에게 과연 앵커의 자질이 있는 것인가, 고민이 우선 들었다.

그리고 또 하나.

제작진이 '여자 자리', '남자 자리'라며 나를 왼편에 서게 한 점이 마음에 들지 않았다.

우리,
이기는 싸움을 하자

자리 지정. 남자는 왼쪽, 여자는 오른쪽

앵커 리허설을 하러 스튜디오 안으로 들어가자, 한 스태프가 뉴스를 진행하며 피디 목소리를 들을 수 있는 인이어 이어폰과 마이크를 달아주고 나서 어디에 서면 되는지 알려줬다.

"남자 앵커는 오른쪽(시청자 기준 왼쪽)에 서시고요, 여자 앵커는 왼쪽(시청자 기준 오른쪽)에 서시면 됩니다. 남자 앵커가 먼저 인사하고 첫 리포트는 두 명이 서서 나눠서 하고요, 그다음에는 남자 앵커부터 앉아서 진행하시면 됩니다."

단순히 자리의 문제가 아니었다. 남자 앵커인 J가 왼편에

서서 '뉴스를 먼저 전하는 거'였다. 나와 함께 뉴스를 진행하기로 한 J는 회사를 늦게 들어와 나이는 나보다 많았지만, 언론사 입사는 나보다 늦은 후배였다. 그런데 언론사 문화는 어느 회사든 철저하게 입사 연도에 따라 선후배를 따지는 '기수 깡패' 문화가 아니던가! J가 뉴스 진행 경험이 많았다면 나름 납득할 수 있겠으나, J나 나나 초보 앵커인 건 마찬가지였다.

그렇다면 이유는 한 가지, J가 남자 앵커이기 때문에 관행상 왼편에 서고, 인사를 먼저 하고, 뉴스도 먼저 전하는 거였다. 뉴스만 잘 전하면 됐지, 그런 게 뭐가 중요하냐고 생각할지도 모르겠다. 하지만 뉴스 프로그램을 대표해 시청자들에게 인사를 하고 그날의 가장 중요한 뉴스를 전하게 되는 자리를 늘 '남자' 앵커가 해왔다고 해서 '아 그렇구나' 하면서 넘길 수는 없었다.

게다가 난 평소 앵커 배치 시스템에도 문제가 많다고 생각하고 있었다. 왜 남자 앵커는 경험이 많은 중장년 남성 기자가 맡고 여자 앵커는 젊고 예쁜 아나운서가 맡는 경우가 대다수인지? 왜 능력 있는 중장년 여기자에게는 기회가 많지 않은지? 여자 아나운서는 왜 입사 초반에 가장 중요한 일들을 맡다가, 오히려 방송 능력이 더 훌륭해졌을 때 방송에서 사라지게 되는지? 그러면서 왜 남자 앵커가 뉴스 진행을 주도하고 여자 앵커는 보조적인 역할을 맡으며 성역할 고정관념을 강화하고 있는 건지?

국가인권위도 '미디어에 의한 성차별 실태조사'를 발표하며 그 사례 중 하나로 남녀 앵커 배치 문제를 꼽았었다. 2017년 기준, 7개 채널 저녁 종합뉴스를 분석한 결과 여성 앵커는 80퍼센트가 30대 이하, 남성 앵커는 87퍼센트가 40대 이상으로 앵커 구성은 '나이 든 남성 앵커와 젊은 여성 앵커'로 고착화됐고, 남성 앵커가 오프닝 멘트와 정치 뉴스를 주로 담당하고 있다는 것이다.

앵커를 맡으면서도 "내가 얼마나 앵커를 할 수 있을지는 모르겠지만, 최소한 40대 여기자의 앵커 진출을 막는 일은 없도록 열심히 하자"고 다짐했던 터였다. 보통 남자 앵커보다 후배인 여자 앵커들은 문제제기를 하기도 쉽지 않을 텐데 내가 선배인 이 경우에도 '관행'이라며 지나가버리면, 내내 마음이 괴롭고, 말하지 않은 걸 오래오래 후회할 것 같았다.

자리 어떻게 바꾸지?

입사 초 불편한 술자리를 박차고 나왔다가 다음 날 나만

바보가 된 기억이 되살아났다. 이제 그런 패기로 문제를 해결할 나이는 아니었다. 산전수전 다 겪은 한 여성 정치인이 해준 말도 생각났다.

"김 기자! 조직에서 또라이랑 의인은 한 끗 차이야. 조직이 하는 일마다 다 반대하면 미친놈이고, 별거 아닌 건 타협하다가 중요한 하나가 있을 때 맞서야 되는 거야."

그렇다면 이건 싸울 일인가 지나갈 일인가……. '사회에서 만난' 사랑하는 자매들과 술자리에서 나눈 얘기도 생각났다. '우리, 이기는 싸움을 하자.'

기사를 토론하고 바꾸고, 이런 건 보도국에서 늘 하던 일이었다. 하지만 앵커의 영역은 나에겐 미지의 세계. 어디서부터 누구에게 말해야 하는지도 혼란스러웠다. 앵커의 'ㅇ'자도 모르면서 이런 문제제기부터 해도 되나, 방송 욕심부터 낸다고 오해받는 건 아닌가 걱정도 됐다.

하지만 자리, 바꾸긴 꼭 바뀌야 하는데……. 그럼 어떻게 바꾸지? 고민이 시작됐나.

1. 여론 조사

분위기는 나쁘지 않았다. 특히 후배와 동기, 가까

운 선배 몇몇은 내가 얘기를 꺼내기도 전에 나한테 꼭 메인 앵커를 맡아서 "좋은 선례를 만들라"고 은근히 압박도 했다. 힘이 됐고, 의무감도 생겼다. 다행히 같이 뉴스를 진행하는 J도 "선배, 문제제기 대찬성입니다!"라고 얘기했다.

2. 데이터 조사

매사 전례가 있으면 말하기 편한 법, 남자 왼쪽, 여자 오른쪽은 이미 진리가 아님을 보여주는 훌륭한 반증이 있었다. JTBC 〈뉴스룸〉을 진행하던 손석희 사장도 '중년 남기자―젊은 여자 아나운서'라는 고정 틀을 깨진 못했지만 자리는 남녀가 반대였던 것이다. 그리고 예전에 MBC 김은혜―왕종명 앵커의 경우 여자 앵커가 메인을 맡았다는 등 제보도 이어졌다.

3. 타깃 결정

누구에게 말할 것인가. 다행히 아침 뉴스 책임자는 나와 전에 한 부서에서 일했던, 힘든 일을 겪을 때 후배들이 의지하고 고통을 나눴던, 믿을 수 있는 훌륭한 선배였다. 그냥 터놓고 얘기해보면 되겠다는 결론을 내렸다. 고고!
나는 복도로 걸어 나가 전화를 걸었다.

4. 행동 개시!

"선배, 제가 J보다 선배인데 뉴스 먼저 시작하면
안 될까요?"

"……."

생각지 못했던 내 말에 선배는 당황한 기색이 역력했다.

"남자, 여자 자리를 바꾸면 카메라부터 시작해서 동선에
좀 혼란이 있을 텐데……."

"네, 그런데 JTBC도 자리는 남자 앵커가 오른쪽이더라고
요."

"아, 그런가? 응. 생각해볼게."

"네. 그리고 참고로 J도 대찬성이래요!"

일단 선배는 두 경우 모두 다 리허설을 해보자고 했다. 둘
다 녹화해보고 판단하겠다는 거였다.

그리고 며칠 뒤, 내가 왼쪽에 서서 시청자들에게 인사
를 하고 먼저 주요 뉴스를 전하기로 했다는 소식을 전해
들었다.

이 모든 게 별일 아닐 수도 있다. 또 최근에는 변화된 모습도 나타나고 있다. 지난해 말 KBS 평일 저녁 뉴스 메인 앵커를 이소정 기자가 맡게 됐고, MBC 평일 아침 뉴스 메인 앵커도 경력 15년 차 이상의 양윤경 기자가 맡게 됐다.

하지만 문제는 여전히 이런 사례들이 드물고 특수한 일이라는 것이다. 내가 만든 이 조그만 '선례'가 다음 이 길을 걸을 여성들에게 조금이라도 보탬이 되길, 그래서 고민과 걱정을 덜어줄 수 있기를, 언젠가는 '경험 많은 여기자+젊은 남자 아나운서', 할머니 앵커, 할아버지 앵커, 장애인 앵커, 성소수자 앵커 등등 수많은 선택지들이 생겨나서 이런 고민 자체가 사라지는 날이 하루빨리 오기를 바란다.

배신과 음모가
판치는 자리?

"앵커는 진짜 그래?"

"뭐가 그래?"

"드라마처럼 앵커들의 세계에는 배신과 음모가 판치고 그러냐고……."

"야! 나도 갑자기 됐는데, 그걸 어떻게 알아? 아닐걸?"

내가 뉴스 진행을 맡게 됐다는 얘기를 들은 친구가 묻는다. 생각해보니 시청자들이 이런 상상을 하는 것도 무리는 아니다 싶었다. 드라마와 영화에서 계속 그렇게 그려지니까.

몇 해 전 인기리에 방영된 드라마 〈미스티〉를 봐도 메인 앵커를 맡고 있는 고혜란(김남주 분)과 그녀를 치고 올라오는 후배 한지원(진기주 분) 사이의 무시무시한 암투가 그려진다. 차기 앵커 주자로 손꼽히는 한지원은 "선배, 빨리 방 빼주시죠. 제가 어서 앵커 해야 됩니다"라며 야망으로 이글이글 불타오르고, 고혜란은 메인 앵커 자리를 지키기 위해 온갖 나쁜 짓을 서슴지 않는다. 생방송을 진행하며 한지원에게 "그럼 후속 대책은 취재가 됐습니까?"라며 사전에 얘기되지 않은 질문을 던져서 망신을 주는 건 양반이고, 심지어 남자 취재원과 사적인 관계로 엮이도록 함정까지 판다.

그렇다면 현실은?

앵커, 어떻게 뽑나?

내가 맡게 된 토요일 새벽 앵커야 보도국 수뇌부들의 판단으로 실험 삼아 특정인에게 시켜볼 수 있겠지만, 주요 뉴스 프로그램 앵커는 사내 오디션을 거쳐 선발한다. 먼저 오디션 날짜를 정하고 앵커 후보자들에게 오디션을 보러 오라고 통보를 한다. 후보자들이 주어진 기사로 뉴스를 진행하는 모습을 촬영하고 녹화한 뒤, 팀장급 이상 간부들과 편집부가 화면을 보며 누가 가장 적합한지 투표를 하거나 의견을 개진하게 된다. 그리고 취합된 점수를 두고 토론을 거쳐 앵커가 결정된다. 윗선에 엄청난 정치적인 충성심을 보여 장수 앵커에 등극했던 안 좋은 사례도 있긴 하지만, 대부분 사람 보는 눈은 비슷하고, 합리적인 의사 결정을 거쳐 주요 뉴스의 앵커가 결정된다(고 믿고 있다).

현실은 스릴러보다는 인간극장

보도국 앵커 선발을 둘러싼 실제 상황을 장르로 치차면 무시무시한 스릴러라기보다는 인간극장이나 웃픈 블랙코미디랄까.

방송기자라고 해서 모두 앵커를 꿈꾸는 건 아니다. 좋은 기사, 단독 기사를 내고 싶다는 욕심을 내는 건 당연하지만 기자가 앵커 자리에서 뉴스를 진행하겠다는 목표를 품는 건 그렇게 흔한 일도 아니고, 그다지 바람직하다고 보는 분위기도 아니다. 수습기자가 멋모르고 자기소개서에 장래 희망을 '뉴스 앵커'라고 적었다가는, 취재의 기본을 익히기도 전에 자기 얼굴 내보이는 데만 신경 쓴다고 구박받게 되는 걸 보면 말이다.

하지만 평소에 앵커 자리를 원하지 않았더라도, 주로 타

천에 의한 오디션 명단에서 배제되는 경험은 방송 능력을 제대로 평가받지 못했다는 생각에 서운함으로 이어지기도 한다. 나도 지난번 앵커 오디션 때, 그러니까 사회부에서 마구 구르며 한창 "얼굴 썩었다"는 평가를 듣던 그 무렵, 명단에 들지 못했고 "아, 나의 리즈 시절은 채 오기도 전에 출산과 함께 끝장 났나" 싶어 잠시 씁쓸했다. 또 몇 년 전 국회 부스에서, 앵커 오디션을 보기 위해 기자들이 하나둘씩 자리를 뜨고, 덩그러니 남아 있던 기자 셋이 왜 이렇게 사람이 없나 하다 나중에서야 사태를 파악하고서는, 서로 손 붙잡고 "우리는 취재로 승부해야 한다"며 다짐했다는 슬픈 얘기도 전해 내려온다.

한정된 자리, 높은 관심

음모와 배신까지는 아니지만 자리는 적고 관심은 많다 보니 이런저런 말이 흘러 다니는 것은 어쩔 수 없다. 그래서 나도 신기한 경험을 하나 하고야 말았으니……

오래간만에 만난 동기가 날 불러 세웠다. 이런저런 수다를 떨다가 앵커 선발 얘기가 나왔다.

"너, 네가 왜 앵커 됐는지 알아?"

"모르는데……."

"하고 싶어한 사람도 많았는데 위에서 왜 널 시켰을까?"

"그러게 말이야."(나도 이례적인 거 안다고 이 자식아! 내가 그렇게 별로냐!)

"내가 하나 들은 얘기가 있는데……."

"그래? 뭔데?"(귀 쫑긋!)

이번에 앵커를 뽑은 기준은 '반항성'이라는 얘기였다. 나나, 함께 뉴스를 진행하게 된 J나 보도국장의 정책에 강하게 반대하는 인물들이었고, 둘의 입을 막을 당근으로 앵커 자리를 줬다는 거였는데, 참 별별 말이 다 도는구나 씁쓸하기도 하고 생각지도 못했던 창의적인 가설에 헛웃음이 났다.

하지만 또 생각해보면 이 얼마나 기쁜 일인가. 국장에게 잘 보여서 앵커 자리를 얻은 게 아니라, 반항해서 앵커를 하게 됐다니! 그래, 역시 기자는 기자정신이 있어야지! 그동안 회사생활을 잘해왔구나, 나 자신이 무척 대견했다. 그래 이왕 이렇게 된 거, 망하지 말고 잘해보자!

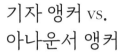

기자 앵커 vs.
아나운서 앵커

우연히 아나운서 지원자들의 경험담을 보게 됐다. 아나운서 학원에 상담을 받으러 갔더니 외모를 지적하며 "차라리 방송기자를 해보는 게 어떻겠냐"는 말을 들었다며, 불쾌한 마음에 아나운서 준비를 그만뒀다고 했다.

흠……. 이 글을 보고 나서 이 복잡 미묘한 기분을 어떻게 설명해야 할까?

일단, "아니다! 그럴 리 없다!"라고 당차게 말하기에는 내게도 눈과 경험, 그리고 양심이 있다. 방송국에 입사하면 기자뿐 아니라 피디, 아나운서, 경영, 기술 등 모든 분야의 동기들이 모여서 꽤 여러 날 합숙하며 연수를 받는데, 그때 아나온서 동기들을 보며 '지금까지 내 주변에선 당최 볼 수 없었던 저 잘생긴 인간들은 뭐지? 아니, 저 사람은 선녀인가?' 하며 내가 여느 회사원이 아닌 '방송국' 직원이 됐음을 실감했던 것이다.

하지만 그렇게 '그래, 기자들은 아나운서보다 못생겼다! 어쩔래?!' 하고 순순히 인정하고 싶지는 않고, 그래서 나의 존경하는 동기, 프로 앵커 Z를 불러내 "기자 출신 앵커도 장점이 있지 않냐?! 어서 장점을 내놓아라" 하며 한 시간 넘게 취조를 하고야 말았으니……. 그렇게 하여 얻어낸, 그동안 나도 잘 몰랐던 아나운서와 방송기자의 차이점과 공통점, 취업 꿀팁을 앵커 지망생들을 위해 전격 공개한다!

방송기자와 아나운서, 외모의 하한선이 다르다?

기자와 아나운서는 일단 입사 시험부터 다르다. 기자 시험은 상식과 논술, 작문처럼 글쓰기와 논리력을 먼저 본다. 거기서 상당수를 걸러낸 뒤에 다음 단계 시험으로 이동한다. 하지만 아나운서는 첫 번째 관문이 카메라 테스트이다. 호감 가는 외모인지, 방송 진행에 적합한 발음을 하는지가 아나운서가 되기 위한 첫째 조건이고, 이 단계를 통과한 10분의 1 정도만이 다음 시험을 치를 수 있다. 그러니까 무엇보다 업무의 기본값이 기자는 논리력과 글쓰기, 그리고 아나운서는 외모와 발음인 것이다. 아하, 그래서 이렇게 외모에서 현격한 차이가 벌어지는 거였군! 이해가 됐다.

방송기자들도 카메라 테스트를 보기는 한다. 하지만 뉴스를 읽었을 때 시청자들이 못 알아들을 정도로 사투리를 쓰거나 발음이 심각하게 불분명한지, 또는 뉴스의 신뢰성을 저해할 만큼 비호감 외모인지 등을 볼 뿐 당락에 외모가 결정적인 영향을 주는 것 같진 않다. 물론 일반적인 입사 면접에서 대체로 호감형 외모가 유리한 것처럼 다른 조건이 같다면 훈녀, 훈남이 유리할 순 있겠다.

카메라 테스트, 그 이후의 면접은?

세부 내용은 해마다 차이가 나긴 하지만 필기시험과 카메라 테스트를 통과하면 기자와 아나운서 모두 다시 실무면접, 심층면접, 임원면접 등 여러 단계의 면접을 거치게 된다.

기자 면접에는 세월호 사태 이후 재난 취재를 어찌해야 하는지 윤리적인 질문이 포함되기도 하고, 팀으로 과제를 주고 해결 과정에서 어떤 모습을 보이는지 파악하기도 하며 다양한 방식이 도입되고 있다. 하지만 면접관으로 참여해본 경험을 돌이켜봤을 때, 무엇보다 면접관들이 중요하게 보는 지점은 뭐니 뭐니 해도 지금 이슈에 대한 이해 정도, 그리고 자신의 의견을 얼마나 논리적으로 표현할 수 있는지에 대한 것이다. 질문에 정답이 있는 건 아니지만, 일단한 가지 주장을 할 때 얼마나 탄탄한 논리로 자신감 있게 자기 생각을 얘기할 수 있는지가 득점 포인트가 된다.

아나운서 면접에서는 한때 예능을 강조하는 '아나테인먼트'가 유행하며 무엇보다 '끼'를 중시했던 때도 있었지만, 지금은 다시 기본적인 교양과 진행자로서 잠재력을 중시하는 추세라고 한다. 시사 상식을 묻기도 하고, 개인적인 매력을 파악하기 위해 인생과 가치관에 대한 질문도 던지는데, 가장 큰 적은 무려 100곳도 넘는 언론사별 각종 면접 유형에 맞춰 실전에 대비해준다는 아나운서 학원들! 면접을 하다 보면 학원에서 가르쳐준 것으로 추정되는, 비슷한 답변을 하는 사람들이 너무 많다고 한다. 신입 아나운서를 뽑을 땐 앞으로 키울 수 있는 훌륭한 원석을 발굴하는 게 목표인만큼, 투박하더라도 자신의 장점을 그대로 드러내는 것이 더 경쟁력이 있다고 프로 앵커님은 조언했다.

기자 앵커 vs. 아나운서 앵커

기자는 기본적으로 출입처에서 취재를 하고 기사를 쓰며, 그 가운데 극히 일부가 앵커가 된다. 아나운서들은 TV와 라디오에서 교양과 예능 등 다양한 프로그램을 진행하는데 그중 일부가 '뉴스' 프로그램을 맡으며 앵커가 된다. 상대적으로 기자는 뉴스 이해도가 높고, 아나운서들은 방송 진행자로서 이미 프로이다.

그래서 기자들은 앵커가 되면 '방송 진행자'로서 부족한 면모를 보완하기 위해 노력한다. 메인 뉴스를 맡게 된 기자 출신 앵커들이 연극인이나 아나운서한테 따로 발음 훈련을 받고, 손동작이나 표정은 어찌할지 나름의 연기법을 고심한다는 얘기를 전해 들었다. 반면 이미 방송 진행 분야에서 프로인 아나운서들은 뉴스 이슈를 따라잡기 위해 애쓴다. 하지만 기자들도 직접 취재하지 않는 분야에 대해선 정확하게 알기가 쉽지 않은 것처럼, 아나운서들 또한 기사만 봐서는 뉴스 취재와 제작 시스템을 파악하기가 쉽지 않다. 그래서 앵커 지망 아나운서들에게는 단기간일지라도 보도국에서 기자들과 함께 훈련을 받았으면 하는 갈증이 있다고 했다.

아나운서, 생각보다 앵커 지망자가 적다?

여기저기서 보고 들은 걸 종합해보면 아나운서들 중에서 뉴스 앵커가 되고 싶어하는 사람은 생각만큼 많지 않은 것 같다. 왜냐? 일단 아나운서들은 뉴스 앵커 말고도 할 수 있는 재밌는 것들이 많다! 늘 정제된 표현에 심각한 표정으로 뉴스를 진행하는 것보다 다양한 프로그램에서 마음껏 재능과 끼를 발산하는 데 매력을 느끼는 사람들이 많지 않을까? 유명해지고 나면 '프리' 선언을 생각하는 아나운서들은 더욱 그럴 테고 말이다.

'연륜 있는 남자 기자+젊은 여자 아나운서'로 정형화된 지금의 앵커 구성도 또 하나의 이유가 되는 듯하다. 여자 아나운서들이야 연차가 낮을 때 메인 뉴스까지 진행할 수 있으니 도전해볼 만하다 해도, 남자 아나운서들은 아무리 능력이 있고 노력하더라도 뉴스 진행은 대체로 기자에게 맡기다 보니 그다지 매력을 느끼기 어려운 것 같다.

시청자 눈에는 모두 그저 '앵커'일 뿐

이 시대 최고의 앵커 중 하나로 손꼽히는 손석희 앵커는 기자 출신일까, 아나운서 출신일까? 정답은 아나운서! 보도국에도 2~3년 정도 근무한 적이 있다고 들었지만, 아나운서로 입사해 계속 진행을 맡았다. 하지만 그 누가 손석희 전 앵커가 시사에 대한 이해가 부족하다고 지적할 수 있으랴?! 수십 년간 시사프로그램을 진행하며 공력을 쌓았고, 지금처럼 넘볼 수 없는 자리에 올랐다. 그리고 이런 상황은 기자 출신 앵커들에게도 마찬가지로 적용된다. 처음엔 기자로 시작했더라도 프로그램을 계속 진행하며 경험을 쌓다 보면, 아나운서를 넘어서는 진행 능력에다 정확하고 빠르게 상황과 맥락을 파악하는, 기자로서의 장점까지 발휘하게 되는 경우도 많다.

하여튼 시청자의 눈에는 기자든 아나운서든 그저 '앵커'일 뿐이고, 자고로 고수 앵커는 뉴스 이해도와 진행 능력, 이 두 가지를 모두 다 갖춰야 하는 법! 비록 고수가 아닌 나는 그러지 못하고 있지만 말이다.

그리고 앵커는 '뉴스나 시사프로그램을 진행하는 사람' 자체를 뜻할 뿐 꼭 이 일을 기자와 아나운서만 하란 법이 있는 것도 아니다. M본부만 봐도 〈스트레이트〉는 배우 김의성 씨, 〈100분 토론〉은 정치학자인 김지윤 박사가 최근까지 진행을 맡았었다.

그러니 앵커 지망생 여러분! 요약하자면, 앵커는 기자,

아나운서 모두 지원 가능하고 아예 다른 직업으로도 지원 가능합니다! 파이팅!(단, 자리는 몇 개 없음 주의)

새로운
언어의 세계

　　화면에는 앵커 두 명만 나오지만 스튜디오 안에
는 꽤 많은 사람들이 들어와 있다. 마이크를 끼워주고 원고
를 가져다주는 걸 포함해 방송 내내 바쁘게 진행을 돕는 에
프디(FD), 카메라 감독, 기상캐스터, 코너를 진행하는 리포
터 들도 한 스튜디오에서 칸을 나눠 쓰기 때문에 오며 가며
계속 만나게 된다.

　그런데 그 많은 이들 가운데 유독 한 사람에게 자꾸 눈
길이 갔다. 나를 비추는 카메라 반대편으로 모습이 보였다
안 보였다 하는 그녀, 뉴스를 수화로 전해주는 수화통역사
였다.

'아니, 저분은 방송화면 오른쪽 아래 파란색 동그라미에서 맨날 보던 분이 아니던가!'

마치 연예인을 직접 본 것 같았다. 우리 뉴스 화면에서 저분이 수화를 하는 모습을 본 지 10년은 된 것 같은데 과연 지금까지 실물을 본 적은 있었나 기억이 가물가물했고, 그렇게 수화통역사가 스튜디오 안에 같이 들어와서 앵커의 말을 직접 들으며 통역을 한다는 것도 처음 알았다.

내가 아닌 J가 뉴스를 진행할 때 가끔 그쪽을 물끄러미 바라봤다. 손을 강조하기 위해선지 늘 검은 옷에 장신구도 하지 않은 수수하고 단정한 모습이 인상적이었고, '이 많고 복잡한 뉴스를 어떻게 수화로 다 전달하는 것인지' 궁금해졌다. 그리고 기자는 궁금함을 절대 못 참는 족속이 아니던가! 언젠가 꼭 한번 만나보고 싶어졌다.

나보다 늦게 스튜디오에 들어와 먼저 빠져나가는 그녀를 만나는 게 생각보다 쉬운 일이 아니었지만, 서너 번 실패 이후 불굴의 집념으로 뉴스가 끝나자마자 뛰어나간 끝에! 드디어 그녀를 붙잡았다. 그러곤 수줍게 말을 붙였다.

"저, 안녕하세요……. 저랑 차 한잔 하실래요?

소개팅에서 처음 만난 사람처럼 어색하게 찻집으로 걸어갔고, 그녀는 거북이가 등껍질로 쏘옥 숨듯, 손을 숨기며 자신이 내성적이라고 말했다. 하지만 곧, 자신이 귀가 들린다는 사실이 한때 너무 속상했다고 고백할 정도로 통역에 대한 놀랄 만한 열정으로, 나를 새로운 세계로 이끌었다.

Deaf와 deaf의 차이, 아시나요?

거리에 나가면 사람들이 알아보냐는 둥 수화통역사는 염색도 하면 안 되냐는 둥 시시껄렁한 얘기를 하는 나를 물끄러미 바라보던 그녀가 기초부터 시작하자는 듯 첫 번째 질문을 던졌다.

"기자님은 농인과 청각장애인 중에 무슨 말이 맞는 것 같아요?"

"흠……. 기사에는 보통 청각장애인이라고 쓰는 거 같은데요. 좀 더 존중하는 것 같은 느낌이고요."

"청각장애인은 듣는 능력이 기준점 이하인 사람들을 부르는 거고요. 농인은 수화를 사용하는 언어적, 문화적 정체성을 공유하는 사람들을 뜻하는 거예요. 전자는 병리학적 시선으로 외부에서 붙인 이름이고, 농인은 스스로 붙인 이름이죠. 영어에선 이 구분이 명확해서 전자를 deaf, 후자는 d를 대문자로 해서 Deaf라고 해요."

얼핏 농인 부부가 일부러 청각이 없는 아기를 입양했다는 기사를 읽었던 것과 청각이 있는 아이가 태어나자 오히려 서운해하는 농인 가족 얘기가 나온 영화가 기억이 났다.

"보통 장애가 있으면 속상해하고 되도록 고치고 싶어할 것 같은데, 청각장애인들 사이에서는 왜 이런 특별한 문화가 있는 거죠?"

"그들만의 언어가 있으니까요."

떵…… 머리를 한 대 얻어맞은 것 같았다.

언어적, 문화적 소수자로 농인들을 보니 모든 게 명확해졌다. 귀가 들리는 다수의 관점에선 이들이 '장애인'이지만, 농인의 관점에선 자신들은 시각을 중심으로 하는 문화를 가지고 있고, '청인'들은 소리를 중심으로 살아가고 있을 뿐이었다. 농인들이 농사회에 있을 땐 전혀 문제 될 게 없지만, 그들을 이상하거나 부족한 존재로 보고, 또 차이를 인정하지 않고 자신들의 룰만 강요하는 다수 청인들의 사회에서는 삶이 고통스럽고 불편해진다.

부끄럽게도 청인인 나는 모르는 게 너무 많았다.

수화는 전 세계 공통?

내심 에스페란토어처럼 수화는 만국 공통 언어라서 전 세계 농인들끼리 만나면 자유자재로 대화가 가능한 게 아닐까 상상했다. 하지만 다른 언어와 마찬가지로 수화도 사회마다 다르고 사투리도 있고 시대에 따라 많이 달라진다고 했다. 일제강점기 시절 한국어에 일본어가 많이 들어온 것처럼, 그 시절 두 나라 수화도 비슷한 점이 많아졌다고 한다.

수화는 한국어의 직역?

수화통역을 하며 입으로는 한국어를 음성으로도 말하기를 요구하는 경우가 있는데 이런 건 말도 안 되는 요구라고 했다. 수화는 한국어와 문법 체계가 다르고 어순도 오히려 영어에 더 가까워서 이런 주문은 서로 다른 두 언어를 동시에 하라는 것과 마찬가지라는 거다. 또 가끔 드라마에 한 명은 수화를 하고 다른 한 명은 그걸 찰떡같이 알아보고 음성 언어로 답하는 장면이 나오는데, 이런 설정은 한 명은 한국어로 말하고 한 명은 영어로 답하는 것처럼 매우 이상한, 현실에선 일어나지 않는 일이라고 했다.

"어두운 뉴스를 전하고 나면 마음이 많이 힘들어요."

음성이 아닌 몸짓과 표정으로 정보를 전달하다 보니 끔찍하고 잔인한 사고나 어두운 정치뉴스를 전하고 나면 그 잔상이 오래 남아 마음이 힘들다고 했다. 하지만 농인들이 뉴스를 보고자 하는 갈증이 심하고, 그 정보를 되도록 정확하게 전하고 싶다는 욕심에 계속 이 일을 한다는 그녀의 말에서 진심이 느껴졌다.

우리가 아무리 영어를 10년 넘게 공부해도 한국어가 더 편한 것처럼 농인들은 한국어 자막이 아닌 수화가 더 편하다고, 농인들이 가장 궁금해하는 메인 뉴스와 드라마를 수화로 볼 수 있게 해야 한다고, 농인들이 굳이 큰 티브이를 사지 않아도 수화통역이 들어가는 파란색 동그라미 화면을 필요에 따라 늘릴 수 있는 기술을 도입해야 한다고, 그녀는 간절히 얘기했다.

모두를 위한 방송

그날의 만남 이후, 전엔 미처 몰랐던 것들이 보이기 시작했다.

한국 수화가 국어와 동등한 자격을 가진 농인들의 고유

한 언어이고, 다른 언어라고 차별받아선 안 되고, 정부가 수화를 계승, 발전시키기 위해 노력해야 한다는 내용의 '한국수화언어법'이 이미 4년 전에 제정되었다.

늘 보면서도 전혀 인식하지 못하고 있었는데, 정의당 추혜선 전 의원은 국회 정론관에서 기자회견을 할 때마다 수화통역사와 함께 와서 회견을 진행하고 있었다. 그리고 나서 찾아보니, 국회 방송이 모든 국민에게 차별 없이 제공되어야 한다며 수화통역을 제공하라는 내용의 국회법도 그녀가 이미 발의한 터였다.

그런데 통역사님이 갑자기 사라졌다.

이제 방송이 끝나고 자주 만나서 수다를 떨어야겠다 좋아하고 있었는데 어느새 보이지 않았다. 한 주만 그런 게 아니라 2주, 3주……. 내가 맡은 뉴스는 계속 수화통역 없이 방송됐다. 이상하다 싶어 그녀에게 연락해보니 오후 5시 뉴스가 새로 생기면서 그 프로그램의 통역을 맡았고 더 이상 토요일 새벽 뉴스는 수화통역을 하지 않는다고 했다. 방송사들이 수화통역을 규정상의 일정 비율만 채우면 되는 걸로 생각하는 것 같다던 그녀의 말이 떠올라 입 안이 썼다.

어디 수화통역뿐일까……. 성평등을 위해 티브이에 나오는 남녀 출연진 수를 같게 하겠다는 BBC의 50:50 프로젝트

나 소수자들을 직접 고용하는 데도 적극적인 채널 4 얘기를 들으면 우리는 도대체 어디서부터 시작해야 하나, 깊은 한숨부터 나온다.

하지만 부러우면 지는 거지, 우리도 할 수 있다! 시간은 좀 걸리겠지만!

또 하나의 교훈, 역시 기자는 궁금한 건 절대 참으면 안 된다. 새로운 세계를 보여주신 수화통역사 선생님, 진심으로 감사드립니다! 회사에 일찍 들어가는 날, 만나요.

내 일을 좋아하나 보다, 아직까지는

a.m. 5:00 아기 기상

아기가 깨서 울면서 할머니를 찾는다. 새벽 2시
도, 3시도 아니고 5시니 오늘은 양호한 편이네. 기저귀를 갈
아주고 다시 다독다독 잠이 들길 기다린다. 처음 아기가 울
며 '엄마'가 아닌 '함무니'를 외쳤을 땐, 가슴이 휑하니 뚫린
것 같았는데, 이제는 가장 많은 시간을 할머니와 보내니 당
연한 일이 아닌가, 어머님이 나보다 더 큰 사랑을 아기 마음
에 채워주시니 다행이다. 담담하려 애쓰고 대체로 성공한
다. 내가 정치팀에 오고 나서는 남편의 독박 육아 시간이 늘
어나며 아이가 엄마보다 아빠를 찾는 일도 종종 생기고 있

다. 나는 이제 할머니, 아빠에 이어 3순위인가. 이런저런 생각을 하다 보니 아기는 다시 잠이 들었지만 난 글렀다. 출근 준비나 해야지.

a.m. 6:30 **아기 기상 2**

대통령과 5당 대표가 만나 일본의 무역보복에 어떻게 대응할지 얘기하기로 한 중요한 날인데, 하필 오늘 오전 어머니도 K도 일이 있어 내가 아기를 어린이집으로 데려가기로 했다. 회사에 미리 양해를 구해두긴 했지만 마음이 불편하고 초조해진다. 원래도 성격이 급하고 뭘 꼼꼼히 준비하는 성격이 아니라서 아기가 없을 땐 내가 늘 먼저 현관에 나가서 K한테 빨리 나오라고 재촉하곤 했다. 하지만 아기와 함께 있으면 내 뜻대로 되는 건 하나도 없다. 장난감과 과자로 꼬드기고, 경찰 아저씨가 "이놈" 하며 쫓아온다고 어르고, 육아책에서 히지 말라고 적힌 것들은 죄다 하면서 씻기고, 먹이고, 입히고, 간신히 유모차에 태워 어린이집으로 출발한다. 급한 마음에 달려가다시피 가서 그런가, 우리가 토끼반 1등이고 친구들은 아직 아무도 오기 전이다. 하지만, 이제 엄마는 가야 할 시간. 미안하다, 즐거운 하루 보내렴.

이미 국회에 도착했어야 할 시간에 국회로 출발한다. 몸이 국회 밖에 있다고 일하지 않는 건 아니다. 어린이집으로 가면서도, 다시 국회로 가면서도, 카톡은 쉴 새 없이 울린다. 국회는 아침이 가장 바쁘다. 대부분 정당은 오전 9시쯤 공식 회의를 열고, 그날 주목하는 이슈에 대해 브리핑을 쏟아낸다. 회의에 들어간 기자들이 쏟아지는 말을 받아 적어 정치팀 카톡방에 올린다. 의원들이 오늘 청와대에 가서 무슨 얘기를 하겠다는 건지, 그리고 국회가 멈춘 지 오래인데 다시 일은 하겠다는 건지 말겠다는 건지, 정당마다 입장을 듣고 오늘 정치권에서 벌어질 일을 가늠해본다. 계속 휴대전화를 보면서 걷다 보니 보도블럭에 걸려 넘어질 뻔하기도 하고, 목에선 계속 뚝뚝 소리가 난다. 지방간, 복부 비만, 귤껍질 피부, 만성 피로에 이어 거북목도 추가요.

a.m. 9:30 **출근**

우리 회사 국회 출입 기자들이 모여 있는 기자실 내 자리에 엉덩이를 붙인다. 후배들은 아직 정당 회의를 챙기고 있거나, 그 앞에서 백브리핑(공식 브리핑이 끝나고 나서 추가로 이어지는 브리핑)을 듣기 위해 기다리는 중이다. 날이 날인 만큼, 질문은 이따 청와대에서 문재인 대통령을 만나 어떤 대화를 나눌 것인지에 집중된다. 아침 회의 내용과 백브리핑 내용을 묶어서, 또 이런저런 별도의 취재 내용까지 넣어 기사를 작성한다. 예전엔 세 문장짜리 단신 또는 리포트 두 가지만 생각하면 됐는데, 이제는 취재 뒷얘기를 풀어낸 인터넷 기사까지 써야 하고, 기타 등등 할 일은 점점 늘어난다.

a.m. 12:00 **점심**

점심시간은 정치팀 기자들에게 매우 중요한 업무 시간이다. 내가 담당하는 정당을 출입하는 기자만 1천 명이 넘는다. 분명 국회의원은 기자들에게 가장 친절한 직업군이라고 알고 있었는데, 일단 뭘 확인하려고 해도 모르는 번호로 걸려온 전화는 당최 받지도 않는다. 기자 한 명은 잘 안 나주지도 않으니 여럿이 모임을 만들어 의원과 점심 약속을 잡고, 만나서 명함을 건네고, 부디 내 번호를 저장해달라 읍소하고, 그렇게 안면을 트고 나면 전화도 받아주고, 그런 식으로 하나하나 아는 사람을 늘려간다. 함께 식사를 하며 주요 현안을 물어보고 기억해서 기록하고 보고하고, 내용을 기사에 반영하고……. 업무 시간도 아닌데 밥맛도 느끼지 못하며 일하는 점심시간.

p.m. 2:00 **중계차 당첨**

보도국 수뇌부들이 모여 오후 2시 편집회의를 하고 나면 그날 메인 뉴스의 아이템과 방송 주자들이 대부분 결정된다. 내가 오늘 맡은 임무는 대통령과 5당 대표의 회동이 끝나고 난 뒤, 각 정당의 반응과 평가를 정리해 중계차를 타는 것, 그러니까 생중계로 스튜디오에 있는 앵커의 질문에 답하는 것이다. 가장 먼저 든 생각은 회동이 오후 4시인데, 뉴스 시간 전에 과연 상황이 정리가 될까 하는 거였다. 그리고……. 내 팔자가 그럼 그렇지. 모든 건 우려했던 것보다 더 나쁜 방향으로.

p.m. 4:00 **회동 시작**

청와대 출입기자가 당 대표들이 도착해 문재인 대통령과 만났다고 알려 온다. 여러 기자들이 함께 취재해서, 청와대와 여당은 일본의 경제보복과 추가경정안 예산 통과를 주로 얘기할 것임을, 야당은 경제 정책과 국방부 장관 해임 같은 다른 현안을 강조할 것임을 미리 파악했다. 하지만 실제로 어떤 대화가 오갈지, 합의문을 발표하는지 안 하는지, 이번 모임을 계기로 국회 상황도 좀 풀릴지 말지, 이젠 결과를 기다려야 한다. 기사는 대체 언제부터 써야 하나……. 시간이 흐를수록 마음은 급해지고 이런저런 경우의 수에 대비해 머리를 굴려, 여러 버전으로 기사 개요를 정리해본다.

p.m. 6:00 뉴스 1시간 30분 전

큰일이다. 데스킹 시간과 영상 편집에 걸리는 시간을 생각하면 기사는 이미 작성을 끝내고 송고했어야 했다. 하지만 6시까지 한다던 회동이 아직 끝났다는 소식이 없다. 일단 기사 가안을 보내고, 지금까지 상황을 영상 편집도 해두고, 혹시 청와대 안이 어떤 분위기인지, 이렇게 늦어지는 게 좋은 건지 나쁜 건지 여기저기 전화를 돌려본다.

p.m. 7:00 **뉴스 30분 전**

비상이다! 뉴스 시작 30분 전인데 회동이 방금 전에야 끝나 합의문도 이따 발표한다고 한다. 합의문 내용이 알려지기도 전이니 합의에 대한 정당들의 반응을 알 수가 있나! 게다가 중계차를 타려면 국회 입구 쪽에 있는 해태상 앞까지 걸어가야 한다. 내용이 추가되면 국회반장 선배가 기사를 바꿔주기로 하고 난 일단 중계차 쪽으로 이동한다. 앵커들은 코디와 분장팀의 도움을 받지만, 현장 기자들은 그저 시청자들이 눈살 찌푸리지 않을 정도로만 각자도생이다! 평소에도 중계차까지 뛰다시피 가면 중년 남성인 스태프 한 분이 '얼굴이라도 닦아라' 하는 복잡한 표정으로 기름종이를 건네주시곤 했는데, 오늘은 그럴 여유도 없을 것이다. 그저 방송사고만 나지 않게 해주세요. 제가 예상한 것과 정반대 상황이 벌어져서 원고 없이 생방송을 하게 되는 무서운 상황은 벌어지지 않게 해주세요. 흑흑.

p.m. 7:30 **뉴스 시작. 중계 취소**

해태상 앞에 다 도착했는데, 중계차 꼭지는 취소됐다는 연락이 온다. 합의문 내용을 저녁 7시 반에 발표해

도저히 이에 대한 국회의 반응이 나올 수 없는 시간대라는 거였다. 합의 내용만 일단 청와대 출입기자가 전하기로 했다. 허탈함과 안도감이 동시에 찾아온다. 하루 종일 취재하고 기사도 다 썼지만, 결국 뉴스엔 나가지 않는다. 하지만 망신 안 당한 게 어디야! 하하! 나도 서방 기자들처럼 단어 몇 개 가지고 수십 분 떠드는 능력을 가지고 싶드아!

p.m. 8.30 정당 브리핑 시작

5개 정당 대표들이 청와대에서 돌아와 회담의 결과를 설명한다. 나는 한 야당의 브리핑을 맡기로 하고 회의장 쪽으로 이동한다. 정당의 회의실은 국회 본청 1층에 모여 있다. 내가 맡은 정당의 회의실 쪽으로 천천히 걸어가는데 다른 당도 회의실마다 기자들이 가득하고, 뭔가를 열심히 설명하고 있는 정의당 심상정 대표의 얼굴도, 조금 피곤해 보이는 민주평화당 정동영 대표의 모습도(지금은 대표직에서 물러났고 당 이름도 바뀌었지만) 스치듯 지나간다.

나도 모르게 웃음이 난다. 저녁 9시가 다 되도록 저녁도 먹지 못했고, 이 상황이 정리되고 뉴스까지 만들려면 누군가는 야근도 해야 할 판인데 스스로 제정신인가 싶으면서도 기분이 좋아진다. 그래, 이 '현장'이 주는 매력 때문에 내가 그렇게 기자가 되고 싶었지. 기레기라 욕먹고, 내 생활도 없고, 일은 힘겹고 부담스러워도, 우리 사회에서 벌어지는 가장 중요한 일들을 내 눈으로 직접 보고 궁금한 건 물어보고 또 기록으로 남길 수 있다는 건 아직도 가슴 뛰는 일이다. 최소한 아직까지는, 내 일을 좋아하나 보다. 그리고 여전히 스튜디오의 앵커보다는 현장을 뛰어다니는 백발의 할머니 기자가 되고 싶다는 생각이 다시 한 번 든다.

2

할 만큼
했다는
생각이 들어서

이제 다시는,
1인분의 노동력을
흡족하게
제공하는 이들과는
같은 선에
설 수 없다는 걸,
매 순간
깨닫는다.

누가 워킹맘의 전투력이
약하다 하는가

    나의 주요 정체성 가운데 하나인 '아줌마'에 해당하는 이야기랄까. 요즘 나도 모르게 남편 K에게 종종 이런 말을 한다.

    "내가 죽으면 풍장을 해주거나, 화장해서 가루를 아프리카 나미비아로 가서 좀 묻어주라. 아, 풍장은 시체를 새들이 뜯어먹도록 그냥 뒤야 하는데 그건 우리나라에서 불법일 것 같네. 쓰레기 불법 투기로 생각할 것 같아. 나 좋자고 남편을 범법자 만들 수는 없으니, 그럼 나미비아 사막으로 하자."

    이쯤 되면, K가 소리를 빽 지른다.

    "죽어서도 나를 귀찮게 할 셈이야!"

죽음에 대한 생각, 반은 농담이지만 반은 진심이다. 30~40대 워킹맘이 쓰러졌다는 얘기가 들릴 때마다 가슴이 덜컥한다. 최근 벌어진 사건들만 떠올려도 적지 않다. 재작년에는 마흔둘밖에 안 된 워킹맘 고등법원 판사가 일요일에도 출근해 다음 날 새벽까지 판결문을 쓰고 퇴근해서 안방 화장실에서 숨진 채 발견됐고, 문재인 대통령을 수행하던 외교부 국장도 현지에서 쓰러져서 의식을 찾지 못했다는 뉴스가 있었고 자녀 셋의 엄마인 30대 보건복지부 사무관은 직장 계단에서 심정지로 발견됐고⋯⋯. 이들의 고통이 나의 것인 양, 이들이 겪은 일이 나의 미래인 양 가슴이 먹먹해진다.

방광염 걸리는 정치팀 기자 생활

처음 정치팀에 왔을 때 한 후배가 "방광염을 조심하라"고 말했다. 소변을 참으며 일히디 보면, 방괭염에 걸린다는 거였다. 처음엔 도대체 무슨 말도 안 되는 소리인가 싶었는데, 얼마 지나지 않아 진짜 소변을 참으며 일하고 있는 나 자신을 발견하게 됐다.

정치팀에 오기 전에는 정치팀 기사 취재가 그렇게 어려

위 보이지 않았다. '불나거나 비 오는 현장에 가는 일도 없고, 정치인들이 하는 말, 그냥 인터뷰 몇 개 넣어서 제작하면 되는 거 아니야?' 하는 생각이었던 것 같다. 그런데 간과한 것이 있었다. 수많은 정치인들이 수많은 장소에서 입을 틀어막고 싶을 정도로 수많은 말들을 쏟아낸다는 사실이었다. 그 말을 다 듣고 파악하고 분석해야 그날의 뉴스가 나오는 것이었고, 결과적으로 하루 종일 초집중한 상태로 미친 듯이 바빴다. 그래서 급하지 않을 때에는 소변도 되도록 참았다가, 기회를 틈타 화장실을 후다닥 다녀와서는 다시 일하는 게 일상이 됐다. 그리고 말 그대로 이건 그저 일상일 뿐, 훌륭한 정치팀 기자가 되기 위해선 이런 일상과는 별도로 밤낮으로 최대한 많은 정치권 인사를 만나 정치판이 돌아가는 속사정을 별도로 취재해야 한다.

주 40시간 근무제와 가족 친화적인 문화를 강조하는 사회 분위기 덕에 기자들의 근무 여건도 많이 좋아졌다고는 하지만, 아침 8시 전에 집에 나가도 저녁 8시 전에 집에 돌아오는 일은 손에 꼽을 정도로 적다. 물론 일주일에 몇 번씩 있는 저녁 술자리는 논외로 하고서도 말이다.

정치팀 기자+앵커

여기에 주말 앵커를 맡는다는 것은 고정적으로 토요일 새벽 출근을 하게 된다는 얘기다. 뉴스를 진행하는 날은 새벽 3시쯤에 일어나서 4시 전에 회사에 도착한다. 일찍 잠이 안 오는 날에는 꼬박 야근한 셈이다. 게다가 앵커를 맡았다고 갑자기 정치 팀원들의 주말 근무를 나 때문에 바꿀 순 없었다. 한동안 정치팀 주말 근무를 같이 하면서 토요일에 앵커를 하고 그날 제작까지 마치고 저녁때 집에 들어가거나, 토요일에 앵커를 하고 일요일에도 근무를 하는 일도 벌어졌다. 이제 정치팀에서 금요일은 되도록 제작에서 빼주고 주말 근무에서도 제외시켜 주면서 한결 살 만해졌지만, 이질적인 두 업무를 함께한다는 점에서 힘에 부친다고 느껴질 때가 있다.

그리고 이 모든 업무와 별도로, 모든 보도국 기자들이 돌아가면서 맡는 야근 업무, 밤을 새워서 다음 날 아침 뉴스를 준비하는 일도 2주에 한 번씩 돌아왔다.

정치팀 기자+앵커+엄마

헌신적으로 아이를 돌봐주시는 든든한 부모님에,

나의 더러움을 견디지 못하고 결혼 이후 온갖 집안일은 당연히 자기 일로 생각하는 남편도 있지만, 그래서 워킹맘으로서 나의 여건은 대한민국 상위 1퍼센트라고 생각하지만, 그래도 육아는 어렵다.

술을 먹지 않은 날, 기진맥진한 상태로 집에 돌아오면 혈기 왕성한 세 돌 반 아들이 기다리고 있다. 한동안 불자동차나 경찰차를 출동시키는 빠빵 놀이를 하고, 그다음엔 내가 도둑이 되어 온 집 안을 뛰어다니는 '도둑잡기' 놀이 차례이다. 간신히 잘 시간이라고 구슬려 방 안으로 데리고 가도 동화책을 기본 대여섯 권은 읽어야 아이는 잠이 든다.

책을 읽어주다 나도 같이 쓰러져서 잠드는 경우가 많은데, 잠들지 않고 깨어 있다면 부족한 기본 식재료와 생필품이 없는지 확인해서 인터넷 쇼핑을 해야 한다. '노동력을 갈아 만든 서비스'라는 비판도 있지만 워킹맘으로선 밤 11시까지만 주문하면 다음 날 새벽 배송 해주는 서비스가 얼마나 감사한지. 빵과 잼, 우유, 기저귀 등 주요 생필품을 쇼핑할 유일한 시간이 아이가 잠든 이후에 찾아온다.

그리고 아이가 있는 집이라면 모두 알 것이다. 주중보다 주말이 더욱 힘들다는 점을. 휴일 없는 이런 생활이 얼마나 계속되고 있는 건지, 토요일에 앵커를 하고 주말에 아이를 보고, 월요일에 출근할 때에는 몸이 천근만근, 땅을 파고 들어가고 싶은 마음이다.

정말 죽을 수도 있겠다는 생각이 드는 때는 특히 야근한 다음 날이다. 밤을 새우고 아침 9시 넘어 집에 들어와 오후 1~2시쯤 일어나서는 아이를 데리러 어린이집으로 간다. 야근한 다음 날이라도 내가 아이를 보지 않는다면, 매일 아침 7시까지 우리 집으로 출근하셔서 우리가 퇴근하고 나서야 집에 돌아가시는 시부모님은 금세 골병이 드실지 모른다. 버텨야 한다는 마음으로, 몸에 남은 에너지 한 톨까지 모아 악으로 깡으로 그날을 견딘다.

뭐 하나라도 제대로 하고 있는 걸까

이런 일상을 아슬아슬 아등바등 유지하는 데 나의 모든 에너지가 들어간다. 매우 중요한 다른 일들도 후순위로 밀릴 수밖에 없다. 한때 애절했던 사랑하는 남편 K? 잘 보지는 못하지만 알아서 잘 살고 있겠지. 나는 어떤 사람이고 무엇을 하고 싶어했더라? 그런 자의식은 지금 사치지. 정신 차려. 건강? 운동을 마지막으로 한 게 언제더라. 단명은 당연하지만 아프지나 말고 금방 죽어야 할 텐데. 이런 식이다.

그래도 나름 최선을 다하고 있다고 생각하는데 뭐 하나도 제대로 하고 있지 못한다는 자괴감이 들 때, 결국 마음이 무너진다. 기자를 잘하고 싶지만, 부모님을 퇴근시켜 드리려면 집에 가야 하고, 앵커도 잘해야 하는데 따로 모니터링을 하거나 준비할 시간은 없고, 좋은 엄마가 되고 싶어도 아이가 엄마를 자주 못 보다 보니 밤에 깨서도 할머니를 찾고. 이럴 때 힘든 마음이 쌓이고 쌓여 폭발하게 되는 것이다.

그날도 그랬다. 숨 가쁜 일상을 마치고 밤늦게 돌아와 아이를 간신히 재우고 뉴스를 모니터링하다가 다른 회사에 '물먹은', 그러니까 내가 몰랐던 단독 기사가 나간 걸 알게 됐을 때, 왜 난 이렇게 힘겨운데 무엇 하나 제대로 하지 못하고 이 꼴로 사는 것일까, 감정이 북받쳐 눈물이 나기 시작했다. 그리고 한번 터진 눈물은 몇 시간 동안 대성통곡으로 이어져, 물먹었다는 보고도 통화가 아닌 문자로 할 수밖에 없었다.

워킹맘은 내려놓는 법을 배워야 한다는 조언을 많이 하는데, 잘 내려놓지 못하고 매사 최선을 다하려다 보면 죽는 건가 하는 생각도 든다. 이렇게 가혹한 여건에서 살아가고 있는데, 그런 환경에 처해보지도 않은 이들이 아무렇지도 않게 비수를 찌른다. 여자는 결혼을 하면 전투력이 약해진다는 둥, 그저 편하게 생활하려고 내근직을 택했다는 둥 하면서.

지금 그 자리에서 근근이 버티고 있는 모든 워킹맘에게 경의를 표한다. 이 정도면 됐다. 우리 죽지 말고 잘 살아남자. 세상이 조금씩은 계속 바뀌겠지. 육아맘들에게는 더더욱 경의를 표한다. 1년 남짓한 육아휴직 기간은 정말 생각만으로도 괴로운, 내 인생에서 가장 힘겨운 시간이었다. 단언컨대 아기를 보는 것보다는 일하는 게 쉽다. '맘충'이라고 폄하하는 자들은 갇혀서 애를 좀 보아봐야 한다. 싱글들도 고생이 많다. 비혼으로 살 거라 생각한 내가 결혼한 지 얼마 안 됐을 때는, '우리 사회의 대다수인 주류 기혼 여성들이 뭐 이렇게 사회를 바꾼 게 없어!'라고 분노했었는데, 이른바 아줌마가 되고 보니 그저 숨 붙이고 있을 힘도 부족하다. 나 같은 마누라를 만나 들들 볶이고 매일 전쟁을 치르고 있을 우리 시대 남성들에게도 애도를 표한다. 그래도 우리 모두 파이팅.

감히 상상할 수 없는
마음

'모성'이란 단어를 들을 때 따뜻함보다는 불편함을 느낀다. 아빠와 다른 엄마의 특별한 무엇을 강조할 때, 그건 육아의 책임을 주로 엄마에게 지우는, 부당한 부담으로 이어지는 경우가 많았기 때문이다. 물론 엄마들은 아빠와 달리 일단 신체구조 때문에 아이를 열 달 동안 배 속에 품는 특수한 상황을 겪게 된다. 하지만 그런 이유로 엄마가 유독 아이와 더 특별한 애착 관계를 맺게 되는지, 그 지점에 대해서는 난 회의적이다. 내가 일하는 M본부만 봐도 파업 때 아이를 많이 돌보고 나서, 아이가 엄마보다 자신을 찾게 됐다는 아빠 기자들을 많이 봤다.

이런 나인데도 가끔 어떤 '엄마' 앞에서 감정을 주체할 수 없을 때가 있다. 고(故) 김용균의 엄마 김미숙 씨가 그랬다.

어떤 크리스마스이브의 기억

2년 전 12월 24일, 그러니까 크리스마스이브 저녁, 여느 구내식당과 마찬가지로 적당히 어두침침하고 칙칙한 국회 본청의 구내식당에서 난 김용균의 엄마 김미숙 씨 바로 옆에 앉아 밥을 먹고 있었다. 그날 저녁 뉴스에 김미숙 씨 인터뷰 생중계가 예정돼 있었다. 원래는 스튜디오로 모시고 가려고 했으나 국회에 계속 있겠다는 어머니의 뜻에 따라, 옆에서 함께 있다 시간이 되면 국회 앞 중계차가 있는 곳으로 모시고 가는 것이 그날 내가 해야 할 일이었다.

우리가 만난 크리스마스이브 13일 전, 김미숙 씨는 하나밖에 없는 아들을 잃었다. 3개월 전에 비록 계약직이긴 하지만 회사에 들어갔다며 새 양복을 입고 환하게 웃던, 영화 〈반지의 제왕〉에 나오는 절대반지를 그렇게 가지고 싶어하던 스물네 살 난 앳된 아들이, 컨베이어 벨트에 머리가 끼어 참혹하게 목숨을 잃었다. 두 사람이 같이 일하는 게 규정이었지만 혼자 일하다가 사고를 당했고 기계음만 가득한 공장에서 홀로 사투를 벌이다 결국 사고가 난 뒤 네 시간도 더 지나 숨진 채 발견됐다. 이 엄마는 주변의 만류에도 탄가루가 묻어 시커먼 아들 얼굴을 굳이 직접 확인했다. 곳곳이 너무 위험해 돌아다니기도 버거웠던, 아들이 일하던 화력발전소도 직접 가서 둘러보고, 끼니를 제대로 못 챙겨 들고 다녔다는 컵라면을 유품으로 받았다. 아들이 힘들다고 할 때 무엇이 힘든지 끝까지 물어볼걸 그랬다며, 가슴을 치며 오열했다. 그러고 나서 아들 같은 피해자가 또 나와선 안 된다며, 아들의 죽음을 헛되게 하지 않으려면 뭔가를 바꿔야겠다며, 국회로 왔다. 비정규직도 안전하게 일할 수 있게 법을 바꿔달라고 요구했다.

그런 엄마와 내가 국회 구내식당에 나란히 앉아 밥을 먹는 거였다. 엄마는 담담한데 내가 자꾸 밥이 넘어가지 않고, 주책맞게 눈물도 날 것 같았다. 어떤 마음일지 감히 생각도, 상상도 할 수 없었다. 울 수도, 그렇다고 웃을 수도 없는 무거운 침묵 속에서 함께 식판에 담긴 음식을 기계적으로 입안에 떠 넣었다. 내가 구내식당 식권을 내밀었을 때에도, 밥을 먹고 나서 요구르트를 사서 건넸을 때에도, 김미숙 씨는 연신 "고맙다"며 고개를 숙였다. 나라면 세상에 대한 분노와 슬픔으로 다른 건 아무것도 보이지 않을 것 같은데……. 평범하고 선량했던 이들을 집어삼킨 끔찍한 비극 앞에서 나까지 어찌할 바 모르게 되어, 괴롭고 침통한 마음으로 엄마 곁을 서성였다. 그런데 그런 마음은 곧 분노로 바뀌었다.

"잘 부탁드립니다" 머리 숙인 엄마 김미숙

식사를 마치고 김용균의 엄마는 바로 국회 환경노동위원회 회의실로 올라갔다. 하청업체 노동자들의 안전을 좀 더 보장할 수 있도록, 산업안전보건법을 어떻게 바꿀지 논의하는 회의가 열릴 예정이었다. 정부는 이미 오래전 열악하고도 열악한 하청업체, 그리고 그 하청업체의 하청업체에서 노동자들이 일하다 죽어나가지 않도록 원청의 책임을 늘리고 사업주 처벌을 강화하자고, 또 위험한 일만 하청에 떠넘기는 걸 금지하자고 개정안을 내놨었다. 하지만 이안에 대해 당시 자유한국당과 바른미래당은 자칫 기업 활동이 위축될 거라며 반대해왔고, 법은 28년째 그대로였다. 하지만 김용균 씨 사고가 알려지고 나서 사람들의 마음이 움직였고, 의원들이 떠밀리다시피 다시 그 법을 논의하는 자리가 만들어진 터였다.

그 회의장 앞에 유독 키가 작은 김용균 엄마와 그의 이모가 나란히 섰다. 그리고 국회의원들이 도착해서 회의장 안에 들어갈 때마다 "잘 부탁드립니다"라고 말하면서 머리를 조아리기 시작했다. 웬만한 일들은 이제 감정 이입을 하지 않고 일로서 받아들이게 된 10여 년 차 기자지만, 그 모습을 보는 순간, 속 깊은 곳에서 뭔가 욱하고 올라왔다. '돈'보다 '생명'을 중시해서 법을 좀 더 일찍 바꿨다면 김용균 씨는 살아 있을 수도 있었을 텐데. 국회의원들이 무릎을 꿇고 빌어도 모자랄 판에, 왜 이 엄마가 "잘 부탁한다"며 머리를 숙이고 있는 것인지! 분통이 터져서 소리를 지르고 싶을 정도였다.

그리고 이런 마음은 나 혼자만 든 것이 아니었다. 김미숙 씨는 사람들의 마음을 움직였고 끝내 법도 바꿔냈다. 잊을 수 없는 크리스마스이브 저녁, 국회가 바로 결론을 내리지 못했지만, 마침내 3일 뒤 완벽하진 않지만 그래도 한 걸음 나아간 산업안전보건법 개정안이 국회 본회의를 통과했다. 대책을 마련하려고 노동안전조사위원회가 구성됐고, 화력발전소 일부 노동자들은 정규직으로 전환됐다. 그리고 이런 변화를 이끌어내는 데 김미숙 씨의 헌신이 절대적인 영향을 끼쳤다는 걸 부정할 사람은 없을 것 같다. 아들은 잃었지만, 다른 이들을 또 잃을 순 없다는 간절한 마음이, 아들의 이름을 딴 법을 만들어서라도 아들이 기억되길 바라는 안타까운 그 심정이 지켜보는 모두를 움직이게 만들었다.

그러고 나서 김용균 엄마는 '김용균 재단'을 세웠다. 그분은 먼저 이 재단을 아들을 기리려고 만든 게 아니라는 점을 분명히 했다. "내가 너를 살릴 수는 없지만 다른 사람들 삶이 우리처럼 파괴되는 건 막고 싶다"면서 "많은 사람들과 손잡고, 밝은 빛이 되도록 노력하겠다"고 다짐했다.

김용균 엄마 김미숙 씨는 코로나19가 한창인데도 마스크조차 받지 못한 병원 비정규직 노동자들에게 대신 마스크를 보내고, 억울하게 목숨을 잃은 노동자 가족들에게 달려가 함께 끌어안고 눈물을 흘리면서, 그렇게 우리의 밝은 빛이 되었다.

여자 앵커
업무 시간표

토요일 아침 뉴스 앵커를 시작하고 가장 많이 받은 질문.

"아니, 뉴스가 새벽 6시부터 시작하면, 도대체 몇 시에 일어나요?"

물론 이런 질문을 할 때 '평일도 아니고 토요일 새벽 그 시간이라니 본방 사수는 힘들 것 같아요, 미안'이라는 뜻을 비춘 사람들도 많았지만, 그래도 정말 궁금한 사람이 몇몇은 있겠지 싶어 정리해봤다. 이른바 아침 뉴스 앵커 시간표.

금요일이면 어김없이 코디님이 보낸 카톡이 띵동 울린다.

"기자님, 오늘은 언제쯤 회사 오시나요?"

코디님이 대강 나의 체중과 체형을 파악하시고 나면, 알아서 옷을 다 골라주시고 나는 매일 아침 뉴스 전에 입기만 하면 되는 줄 알았는데, 전혀 그렇지 않았다. 정치팀에 일이 없을 땐 매주 금요일 저녁, 회사에 들어가서 다음 날 입을 방송용 의상을 피팅해봐야 한다. 그것도 이번 주에도 옷이 작으면 어쩌지, 숙제 검사받는 학생 같은 조마조마한 마음으로.

지난 금요일도 "똑똑!" 노크를 하고 앵커 룸 안으로 문을 열고 들어갔는데 이런! 평일 메인 뉴스 앵커인 W 선배와 E 님, 둘이 뉴스에 들어가기 전에 식사를 하고 있었다.

"하하, 안녕하세요! 식사 중이시네요! 맛있게 드세요. 제가 옷이 안 맞을지도 몰라서 입어봐야 해서요."

"야! 그런 소리, 하지 마!"

W선배는 진심으로 믿기지 않는 눈치로, 별소리를 다한다며 나를 구박했지만, 그날도 코디님이 나에게 건넨 첫 번째 정장 바지는 잘 어울리느냐 마냐를 따지기도 전에, 간신히 두 다리를 끼우고 나니, 바지 지퍼 양쪽이 여며지지 못하고

5센티미터는 벌어져 있었다. 그보다 한 주 전, 붉은 재킷은 겨우 잠갔더니 숨을 쉴 수가 없어서 못 입었었는데 이번 주는 바지에서 탈락인가…….

"코디님? 이거 77사이즈 맞아요? 저 살이 더 찐 걸까요?"

"아, 살이 좀 빠지신 거 같아서 55사이즈를 한번 가져와봤는데……."

"아니, 66도 아니고 55라니요! 저한테 왜 그러시는 거예요…….

사이즈도 사이즈지만 거짓말쟁이가 된 것 같은 기분은 더 참을 수 없었다. 코디님께 꼭 이따 메인 앵커 W선배를 만났을 때, 진짜 옷이 맞지 않았다고 얘기해달라고 부탁했다.

두 번째 옷은 다행히 맞았고, 코디님은 내 체형에 맞게 옷을 수선해주셨다. 좀 더 구체적으로는 나의 거미형 체형에 맞춰 재킷을 여미는 단추를 바깥쪽으로 내어 달아 폭을 늘려주고, 얇은 팔 부분은 좀 줄여주고, 마지막으로 앵커의 당당한 위용을 위해 어깨 부분에 뽕을 넣어주셨다.

전날 p.m. 10:00 **취침 시도**

나의 든든한 동기, 프로 앵커님 Z는 처음부터 가

93

장 중요한 건 '잠'이라고 강조했었다.

"아침 뉴스의 성패는 전날 얼마나 잠을 잘 자느냐에 달려 있단다. 잠을 잘 자면 컨디션이 좋아서 방송이 잘 되고, 잠을 못 자면 목소리도 안 나오고, 망하는 거지."

그래서 금요일 저녁은 약속을 잡는 건 꿈도 못 꾸고 최대한 빨리 집에 돌아와서 가능한 한 일찍 침대에 눕는다. 하지만 평소에 12시에 자던 사람이 갑자기 저녁 9시, 저녁 10시에 눕는다고 잠이 올 리가 있나!

고릿적 스타일로 양도 세어보고, 신문물에 가까운 긴장 완화용 패치도 눈과 등에 붙여봤지만, 잠드는 게 너무 어려웠다. '자야 하는데, 자야 하는데……'라고 생각할수록 정신은 점점 더 또렷해졌고, 똑딱똑딱 시간이 흐를수록, 특히 그러다 12시를 넘겼을 때, 마음은 지옥이 됐다.

프로 앵커 Z는 "일단 따뜻하게 샤워를 하고 맥주를 한 잔 마시고 자렴"이라고 자신만의 노하우를 귀띔해줬다. 하지만 이건 얼굴이 잘 붓지 않는, 원래 꽃미모인 이들에게만 적용 가능한 방법이었던 것일까. 방송 전날 잠이 오지 않아 맥주를 마셨던 날, 한 잔으로는 효과가 딱히 없어 한 잔이 두 잔이 됐고, 두 잔이 석 잔 됐고, 그러고 나서 가까스로 잠은 들었지만, 결과는 파국이었다. 다음 날 분장팀이 내 얼굴을 보고는 "차라리 소주를 마시고 자라!"며 화를 냈던 것이다.

잠드는 데 성공하든 성공하지 못하든, 일어날 시간은 정해져 있다. 그것도 매우 이른 시간에.

a.m. 3:10 기상+회사 차 탑승

방송 날 기상 알람은 새벽 3시 10분에 맞춰져 있다. 다른 가족들이 깨지 않도록 옷과 드라이어는 전날 미리 방 밖에 챙겨둔다. 전에 우연히 아침 방송을 진행하는 한 아나운서가 새벽에 집에서 화장을 하는 유튜브 영상을 보고 그 부지런함에 진심 감탄했었는데, 난 '어차피 분장팀이 화장도 다 해주시는데……'라는 마음으로 날것 그대로의 모습으로 집을 나선다.

그러다 보니 모든 것은 길어야 20분 안에 해결 가능하다. 3시 10분에 일어나 샤워하고, 옷 입고, 머리 말리고, 집을 나서면 3시 30분이다. 물론 머리도 대충 말려 거의 산발 수준이다.

집을 나서다 새벽 3시 반에 아파트 엘리베이터에서 파자마 바람으로 계신 주민 한 분을 만나 깜짝 놀란 적이 있었는데, 그분은 나보다도 더 화들짝 놀라시는 듯했다. 잠들기 전

마지막 담배를 피우러 가시던 길이었을 것 같은데, 내가 악몽의 소재가 되지 않길 소망할 뿐……

그렇게 엘리베이터를 타고 지하 주차장에 내려오면 회사 차가 나를 기다리고 있다. 차에 올라타는 시간이 새벽 3시 35분쯤. 앵커가 되고 나서 아직도 가장 적응이 안 되고 어색한 게 회사 차 픽업이다. 회사에서 도보 10분 거리에 사는데, 차를 타면 한 3분 정도가 단축되려나? 처음 회사 차 얘기를 듣고 그럴 필요 없다고 손사래를 쳤지만, 여러 가지 필요로 만들어진 규정이고 여기에 따라야 한다는 답변이 돌아왔다. 그리고 그 '여러 가지 필요'를 들어보니 머리가 끄덕여졌다.

먼저 새벽이다 보니 안전 문제가 있었고, 무엇보다 '방송 사고 방지 목적'이라는 설명이었다. 아침 뉴스 앵커들이 워낙 이른 시간에 출근해야 하다 보니 가끔 일어나지 못해 방송 사고로 이어질 때가 있었다고 한다. 그래서 정해진 시간에 앵커가 차를 타러 나오지 않으면 기사님이 미친듯이 전화를 해서 깨우든, 회사로 전화해서 대책을 마련하기 위해서든, 무조건 데리러 오시는 거였다. 결과적으로, '앵커 차' 타는 방송인이 됐다.

앵커 자리 착석, 방송 준비

앵커 자리는 뉴스 프로그램을 총괄하는 편집부 바로 앞에 있다. 출근했나 안 했나 확인이 가능하도록, 또 필요한 것들을 바로바로 전달할 수 있도록 앵커 자리에 앉아야 하고, 이 자리에 앉으면 바로 그날 뉴스의 진행 순서를 정리한 큐시트를 열고 앵커 멘트를 고치기 시작한다.

전날 우리 뉴스와 주요 언론사들의 뉴스는 대부분 보고 자는데도, 아무리 집중해도 앵커 멘트를 고치는 시간은 늘 빠듯하다. 딱히 멋진 문구를 쓰려는 것도 아니고 대부분 그저 내 말투에 맞게 조금씩 고치는 건데도 그렇다. 우리 기사를 보고 이해가 되지 않는 부분이 있어서 다른 언론사 기사들을 찾아보기 시작하는 날에는, 뒷부분 기사는 다 보지도 못하고 스튜디오에 들어가는 경우도 있다.

그런데 허덕이는 나와 달리, 같이 뉴스를 진행하는 J기자는 늘 시간이 남아 여유롭다고 말했다. 물론 실력 차이 탓일 수도 있겠지만, 그 바쁜 새벽에, 분장 시간 차이도 영향이 있을 것 같다. 나는 새벽 4시 15분에 분장실에 가서 없는 눈매를 만들고, 눈썹 붙이고, 얼굴 음영을 만들고, 입술 그리고, 머리에 뽕 넣고 웨이브 만들고 하다 보면, 보통 40분 정도는 걸리는데, 남성인 J기자는 눈썹과 음영만 그리고 머리만 정돈하면 되니, 내 분장 시간의 3분의 1 수준인 15분 정도면 끝난다. J가 분장이라면 난 변장 수준이랄까. 또 알고 보니 남자 양복은 디자인도 비슷비슷하고 몸에 딱 맞게 줄여 입지 않아도 된다며, J는 전날 따로 의상 피팅도 하지 않고 있었다. 이런 게 바로 내가 평소엔 잘 신경 쓰지 않았던 꾸밈 노동인 것인가?

하여튼 새벽이다 보니 새롭게 들어오는 국제뉴스나 사건 사고 소식도 많고, 뉴스 순서가 확정되는 데까지 시간이 오래 걸린다. 그래서 마지막까지 뉴스에서 눈을 뗄 수 없다.

a.m. 5: 50 **스튜디오로**

시험을 코앞에 둔 고3 수험생 같은 집중력으로 집약적으로 새벽 시간을 보내고 난 뒤, 방송이 시작하기 10분 전쯤 스튜디오로 출발한다. 준비물은 원고에 쉼표를 표시할 펜과 작은 물병 하나. 이제 다시 내 앞에 놓인 카메라를 바라보면서 '여기서 실수를 하면 그 즉시 전국에 방송된다'는 부담감과 긴장감, 그리고 '좀 실수해도 괜찮으니 편안하게 뉴스를 잘 설명하자'는 두 가지 마음 사이에서 조마조마한 줄타기가 시작되는 시간이다.

방송이 끝나고 자리에 돌아오면 늘 카톡 메시지 두 개가 기다리고 있다. "아가가 또 새벽에 일어나서 방송은 거의 못 봤지만 잘했지?" 내가 앵커를 맡고 나서 더 고된 일상을 보내는, 방송을 위해 잠 편히 자라고 금요일에 아이를 집으로 데려가서 재워주시는 시어머니의 카톡이다. 그리고 "점점 편안해지는 것 같구나. 고생했다." 친정아버지의 연락이다. 다정하지만 표현은 어색해하시는 경상도 분이, 매주 내가 방송한 모습을 카톡 배경으로 바꿔 올리시는 걸로 마음을 슬그머니 내보이신다. 앵커가 되어 좋은 점은 잠시일지라도, 아주 오래간만에 조금은 효도한 듯한 기분이 드는 거랄까.

진이 빠져 집에 터덜터덜 카톡을 읽으며 돌아오면(귀갓길에는 걸어온다), 남편 K가 부스스한 모습으로 샌드위치를 만들어준다. 요즘 강남 유명 맛집 스타일인데 알고 보면 구산동 모 포장마차에서 만들어주는 샌드위치와 레시피가 똑같다나. 구운 토스트 반쪽에는 땅콩버터를, 또 반쪽에는 딸기잼을 바르고, 어찌했는지는 모르겠지만 부슬부슬 부드럽고도 빵빵하게 계란을 위에 덮어 미숫가루와 함께 건넨다.

이제야 뭔가 숨 가쁜 한 주가 마무리된 기분이다. 이 기분을 잠시 즐기고, 아들을 데려와서 세 번째 직업, 본격 엄마를 시작할 시간이다.

77사이즈란
무엇인가

첫째. 막가파 **"야! 77!"**

순간 귀를 의심했다. 보도국이 쩌렁쩌렁 울리는 저 목소리는 설마 나를 부르는 것? 반사적으로 몸을 돌려 소리가 난 곳을 바라보니 내가 존경하고 좋아하는, 하지만 말을 돌려 하는 법이라고는 모르는 정론직필 A선배였다. 선배는 내가 잘못 들었을까 봐 다시 한번 크게 외쳤다.

"야! 77!"

"저요?!"

"응!"

순간 상황이 파악됐다. 모 사이트에 77사이즈를 공개한 내 글이 입에 입을 타고 보도국에 소문이 났고, A선배 귀까지 들어간 것이었다. A선배는 그 뒤로도 내가 보이면 계속 "야! 77!"이라고 부르며 즐거워했고, "계속 그러시면 글에 나쁜 사람으로 쓰겠다"는 협박을 들은 뒤에야 "안 돼!"라고 외치며 나를 "77"이라고 부르는 걸 멈췄다. 그러면 내가 글에 안 쓸 거라고 생각했겠지만, 이렇게 쓰고 있다.

"저야 웃으며 지나갔지만, 여성의 몸에 대한 억압이 심한 이 땅에서, 사이즈 스트레스가 심한 사람이 들었으면 얼마나 상처받았겠어요?! 대체 젠더 감수성이 있으십니까, 없으십니까?!"라는 말은 굳이 하지 않았다. 그 선배는 내가 말 안 해도 이미 알고 있고, 내가 크게 신경 쓰지 않을 걸 알고, 그저 놀리고 싶어서 그렇게 한 걸 알아서. 하여튼 결과적으로 내 사이즈는 오프라인에서도 만천하에 공개됐다.

둘째. 온정파 **"살 많이 빠진 것 같네…… 조금만 더 빼"**

77사이즈 공개를 앞으로 다이어트 열심히 하겠다는 다짐으로 오독한 사례. 갑자기 나에게 "살이 빠진 것 같다"며 다정하게 말을 걸어주는 사람들이 늘어났는데, 우리 사회가 이렇게 따뜻한 곳이었나, 마음 한구석이 훈훈해지다가도 체중계 위에 올라가 진실을 마주할 때면 바로 차가운 현실을 직시하게 되는 나날들이 이어졌다.

내 체질은 자비도 에누리도 없어서, 밥을 많이 먹고 술을 자주 마시면 몸무게가 정직하게 늘어났고, 그 반대면 몸무게가 줄어들었다. 그래서 나의 몸무게도 사이즈도 늘 원점. 굳이 말하자면 내 몸은 말단 부분만 신기하게 가는 거미형 체형에 나이가 들며 점차 사라지는 볼살 덕에, 복부가 가려지는 겨울철이면 좀 날씬해 보였다가, 여름이 되면 다시 뚱뚱해 보이는 계절 타는 몸이랄까.

살이 많이 빠졌다고 해주시는 마음 따뜻한 분들, 그렇게 다정하게 얘기해주셔서 감사합니다. 하지만 슬프게도 또다시 여름이 다가오고 있네요.

셋째. 음모론파 **"77 사기꾼! 진짜 77이 되도록!"**

가장 당황스러웠던, 예상치 못했던 반응이다. 사이즈와 함께 내 몸무게를 듣고는 "진짜 77이 되기엔 몸무게가 기대에 한참 못 미친다"며 "더 노력해서 찌우라!"는 친구들, 성별로 보면 100퍼센트 여성이다.

나를 구박하는 이유를 그녀들이 친절하게 설명해주지 않았지만 추측은 해볼 수 있었다. 가만히 보면 몸무게는 나와 비슷한데 덩치가 나보다 작아 66사이즈 옷을 입는 이들이 "난 77 아니거든!" 하고 귀여운 앙탈을 부리는 거였다. 하지만 난데없이 '77사기꾼'으로 몰리고 나니, '과연 77사이즈란 무엇인가' 진지하게 고민을 해볼 수밖에 없었으니…….

77사이즈란 무엇인가

관련 자료를 검색해보니 55, 66, 77 같은 숫자들은 공식적인 사이즈 체계가 아니라고 했다. 1980년대 20대 성인 여성의 평균 키가 155센티미터, 가슴둘레가 85센티미터라서 끝의 숫자 5 두 개를 따서 '55' 사이즈라고 기준점으로 삼고 키는 5센티미터, 가슴둘레는 3센티미터 간격으로 더하고 빼면서 44부터 88사이즈까지 만들었다는데, 난 이 기준으로 보면 키가 165센티미터가 넘으니 명백하게 77사이즈이다!

지금은 여성들의 몸이 이때와 많이 달라져서 정부도 신체 치수 자체를 적으라고 권장한다지만, 보통 옷에 관심이 많지 않고서야 자기 치수를 외우기가 어디 쉬운 일인가. 여전히 55는 보통, 66는 통통, 77은 뚱뚱 정도로 통용되는 듯하다.

77사이즈가 어때서

몇 달 전 부모님 댁에 놀러 가서 우연히 중학교 때 신체검사표를 발견하고 깜짝 놀랐다. 난 늘 내가 옛날보다 살이 쪘다고 생각하고 있었는데, 이미 그때부터 60킬로그램이 넘었던 것이다. 하긴 돌이켜보면 급성간염에 걸려서 한 일주일간 아무것도 먹지 못하고 링거를 맞으며 연명하던 그때에도, 걸어 다닐 힘이 없어 계속 누워 있던 바로 그때에도 내 몸무게는 55킬로그램이 넘었다. 60킬로그램 대 몸무게와 77사이즈가 내 평생 적정 신체 조건이 아닐까 하는 깊은 깨달음이 찾아왔다.

신체검사를 받아도 복부 쪽은 주의를 받을 때가 많지만, 일단 대체로 정상 범주 안에 들어가 있는 것으로 나온다. 예전부터 옷을 살 때 사이즈가 맞지 않는 경우는 종종 있었지만, 그게 어디 내 탓인가, 옷을 다양하게 만들지 않는 우리나라 의류산업의 문제이지!

그러니 77사이즈라고 말하더라도 부디 당황하지도 거짓

말이라고 구박하지도 놀리지도 말아주세요. 정말 77사이즈라서 77사이즈라고 말할 뿐입니다.

77사이즈가 뭐 어때서.

제발 웃지만
않게 해주세요

앵커를 맡으며 다짐했다.

"제발 웃지만 말자!"

토요일 아침 뉴스, 그러니까 내가 지금 맡고 있는 바로 이 프로그램에서 무려 13년 전 벌어진 일이었다.

남자 앵커가 목이 컬컬했는지 처음부터 목소리가 뒤집어지기 시작했다.

"아, 안녕하십니까?"

여자 앵커는 입꼬리가 조금 움찔했지만 고비를 무사히 넘겼다. 하지만 이게 끝이 아니었다.

2차 위기, "강재섭 한나라, 한나라당 대표는……."

3차 위기. "이명박 박, 박, 박근혜 두 주자는……."

삼세판이면 사람이 무너질 수밖에 없는 거 아닌가! 여자 앵커는 말 그대로 '빵' 터져버렸다. 원인을 제공한 남자 앵커는 아무 일도 없었다는 듯 세상 엄숙한 표정으로 뉴스를 계속 진행하는데 여자 앵커는 '큭큭' 웃다가 다시 엄숙하게 웃음을 참아보려고 애쓰다가 다시 웃음보가 터졌다가 '이제 망했다'는 표정으로 '어떡해'라고 말하는 모습까지 영상에 고스란히 담겼다. 그리고 이 장면은 인터넷을 영원히 떠도는 '움짤'이 되었다.

두 선배 모두 잘 살고 계시지만, 아직도 이름을 검색했을 때, 이 영상이 가장 먼저 뜨고, 조회수는 수백 만에 달한다. 그래서 나는 다짐하고 또 다짐했던 것이다. "제발 웃지는 말자!"

위기는 늘 찾아오고

하지만 그런 다짐에도 늘 위기는 찾아오기 마련이니……. '제발 사고만 안 나게 해 주세요'라는 소심한 나와 달리, 남자 앵커 J는 일찌감치 적응을 마치고 진정한 앵커가 되기 위한 '연기'의 영역으로 진입하고 있었던 것이다.

원고를 안 보는데 보는 척하다가 갑자기 카메라를 바라본다든지 하는 시선 처리가 대표적인데, 이날은 나와 나란히 옆에 서서 뉴스를 진행하던 J가 갑자기 쥐고 있던 볼펜을 바깥쪽으로 한번 크게 휙 돌리는 게 곁눈으로 보였다.

'뭐야! 저건 너무 어색한데?! 발연기닷!'

순간 웃음이 터져 나오려는 걸 조상님의 도움으로 꾹 참고 간신히 넘겼다. 뉴스 리포트가 시작되고 나서, 그러니까 우리가 화면에 나오지 않게 되자마자 크게 웃었다.

"아니, 방금 그거 뭐야? 너무 어색한 거 아니에요?"

"한번 해봤는데 이상해요?"

"너무 어색한데! 아니, 웃겨서 방송사고 날 뻔했잖아요!"

"계속 웃겨드릴 수 있습니다."

"큰일 날 소리!"

J는 계속 요주의 인물이다. 깜박하고 구두를 신지 않고 슬리퍼를 신고 온다든가, 잠을 못 잔 날은 목소리가 계속 갈라진다든가, 매회 새로운 연기에 도전하면서 나를 시험에 들게 한다.

방송 도중에 울린 알람시계

갑자기 큰일이 터지면 급히 검색을 해야 할 수도 있겠다는 생각에 처음엔 휴대전화를 방송이 진행되는 스튜디오 안으로 가지고 들어갔다. 늘 비행기 모드로 해놓고 여러 차례 확인하며 안심하고 있었는데, 그러면 안 된다는 걸 나중에, 뒤늦게, 방송 중간에, 알게 됐다.

신문 읽기 코너, 그러니까 그날의 조간을 소개하는 순서였다. 남자 앵커가 뉴스를 읽고 있고 나는 바로 이어서 다른 조간을 소개하려고 기다리고 있는데, 갑자기 어디선가 띠디디딩~ 익숙한 소리가 들려왔다.

"앗? 저 소리는?!"

아침마다 나를 깨워주는 고마운 알람 소리, 하지만 지금 여기서 절대 울려서는 안 되는 소리였다. 얼굴이 하얘질 정도로 놀라서 바로 바닥에 있던 휴대전화를 집어 알람을 껐다. 평소 나에게 볼 수 없었던 민첩한 움직임으로 순식간에 일을 처리해서 실제로 알람이 울리고 끌 때까지 한 3~4초밖에 안 걸렸을 테지만, 느낌상 한 30초는 지난 것 같았다.

방송이 끝나고 풀이 죽어 잔뜩 기어들어가는 목소리로 피디 선배에게 물어봤다.

"저…… 경위서 써야 할까요?"

"엥? 왜요?"

이럴 수가! 신문 읽기 코너에는 배경 음악이 깔리다 보니, 그 음악 소리에 알람 소리가 묻혀서 들리지 않았고 스튜디오 안에서는 그런 일이 벌어졌다는 걸 전혀 모르고 있었다. 다시 한번 조상님! 감사합니다! 이날 이후 휴대전화는 곱게 가방 안에 두고 스튜디오로 들어간다.

저건 밤송이인가

뉴스를 나 혼자 진행하고 있을 때, 그러니까 카메라가 내 모습만 촬영하고 있고 J는 옆에서 다음 순서를 기다리고 있었을 때, 갑자기 화면 아래로 시커멓고 커다란 밤송이 같은 것이 쑥 나타났다가 사라졌다.

J가 바닥에 있던 물병을 집으려고 내 쪽으로 몸을 숙였는데 우리 거리가 너무 가까워서, 뉴스 화면 안에 J의 머리통이 순간 출연했다 사라진 거였다.

하지만 이 영상은 지금은 찾아볼 수 없다. 뉴스가 끝나자마자 바로 문제의 부분만 다시 녹화를 다시 했고, 인터넷에도 녹화 영상으로 바꿔서 올렸기 때문이다. 그러니까 네티즌 여러분, 짤을 만드시려면 서둘러야 합니다. 방송국에서

다 다른 영상으로 바꿔놓습니다.

　말하다 버벅대는 실수는 하루에도 몇 번씩 하지만 다행히 아직까지 어딘가 기록되거나 회자되거나 경위서를 쓸 만큼 큰 실수는 하지 않았다. 오늘도 매일 기도하는 마음으로 방송을 시작한다.

　"제발 웃지만 않게 해주세요!"

임신 뒤 내 출발선은
100미터 뒤로

아이가 쫓겨나다

커피를 위장에 석 잔째 투입하며 한창 일에 집중하려고 애쓰고 있는데 전화가 울렸다. 시어머니였다. 웬만하면 일하는 데 신경 쓰인다고 연락도 안 하시는 분이 아이와 함께 있다가 전화를 거셨다는 건 뭔가 문제가 생겼다는 신호, 고로 받아야 한다!

"네, 어머니! 무슨 일 있으세요?!"

"어린이집 끝나고 매일 가서 놀던 곳 있잖아. 거기서 쫓겨났어."

"네?!"

상황을 들어보니 이랬다. 아이가 오후 4시쯤 어린이집에서 나오면 같은 반 친구들과 함께 한 시간 정도 놀다 오는 곳이 있었다. 건물 안이지만 관광객들에게 개방되어 늘 사람이 오가는, 선물가게와 카페 사이에 앉아서 쉴 수 있도록 의자가 놓인 공간. 그런데 선물가게 안에서 직원이 아이들 모습을 휴대전화로 몰래 촬영하고 있는 게 보였다고 했다. 깜짝 놀란 어머니가 가게에 가서 따지니 그 직원은 아이들이 너무 시끄러워서 그 모습을 찍었고, 영상을 상부에 보고해서 아이들이 오지 못하도록 조치해달라고 요구할 생각이었다고 했단다.

어머니는 그 정도 얘기하고 전화를 끊으셨지만, 나중에 그 자리에 함께 있었던, 어린이집 같은 반 아이 엄마한테 전해 들으니 상황은 생각보다 더 심각했다. 동영상을 몰래 촬영하던 그 가게 직원은 "제가 무릎이라도 꿇을까요?! 그러면 좋으시겠어요?!"라며 마치 막장 드라마의 한 장면처럼 어머니한테 소리를 지르고, 아이들이 너무 시끄러워서 자기가 몇 달째 치료를 받고 있으며, 다른 직원은 소음 스트레스로 이미 가게를 그만뒀다고 말했다고 한다.

'아니, 단체 관광객이 수시로 왔다 갔다 하는 곳인데, 아이들 서너 명 때문에 치료를 받는다고? 이게 무슨 말이야?'

황당하고 분하고 억울하고 속상했지만 고민 끝에 내린 결론은 앞으로는 그 선물가게 앞에 가지 말고 어린이집에서 곧장 집으로 오는 게 좋겠다는 거였다. 친구들과 더 놀고 오고 싶다고 아이가 한동안 울고불고 난리가 났지만 어쩔 수 없었다. 난 그 시간에 아이 옆에 있어줄 수 없는 워킹맘이고, 아이를 그런 적대적인 환경에 둘 수 없었다. 화도 났지만 무엇보다 서. 러. 웠. 다. 애 엄마가 되고 나서 너무 자주 마주하게 되는, 익숙한 바로 그 감정.

임신과 출산 그리고 지옥

임신 소식을 알고 얼마 지나지 않았던 어느 날, 붐비는 출근길 지하철 안에서 갑자기 숨이 가빠졌다. 곧 식은 땀도 비 오듯 흐르기 시작했다.

이런 증상은 가라앉기는커녕 점점 더 심해졌고, 시간을 더 끌었다가는 영화 속에서 가녀린 여주인공이 우아하게 쓰러지는 것으로만 봐온 '기절'이란 걸, 매우 추한 모습으로 하게 되리라는 강한 확신이 몰려왔다.

체면이고 부끄러움이고 따질 겨를이 없었다. 난 이날 우연히 내가 선 자리 앞에 앉아 있었던 한 중년 남성에게 외치듯 말했다.

"아저씨, 자리에서 좀 일어나세요. 저, 쓰러질 것 같아요."

그 남성은 황당한 표정으로 잠시 날 바라보다 엉거주춤 자리에서 일어났고, 내가 무너지듯 자리에 앉아 심호흡을 하자 옆 자리의 할머니가 걱정스럽게 바라보시다 알사탕 하나를 꺼내 입 안에 넣어주셨다.

할머니의 감사하고 따뜻한 관심에도 이날 난 결국 환승역에서 회사로 가는 지하철을 타지 못했다. 심하게 술병이 난 것도 아니고, 어디가 크게 아픈 것도 아니고, 출근길에 기절할 뻔해서 회사를 못 가다니! 스스로 장점과 경쟁력이라고는 건강한 골격과 체력밖에 없다고 생각해온 나로서는 난생처음 겪는 일이고, 너무나 충격적인 일이었다.

놀란 마음으로 병원에 전화를 걸었지만, 의사의 반응은 시큰둥했다. 임산부들은 원래 잘 기절하고, 심하면 옷을 갈아입다가도 쓰러진다면서 출혈이 있는 게 아니라면 좀 쉬라고만 했다. 주변 사람들에게 기절할 뻔했다고 말하니, 한 회사 선배는 실제로 지하철로 출근하다가 쓰러져서 응급차로 실려 갔던 경험을 얘기해줬다. 내가 몰랐을 뿐, 임산부들에게는 계속 벌어지던 일이었다.

바로 며칠 뒤에는 기사 마감을 코앞에 두고 졸고 있는 나

116

자신을 발견한 뒤 또다시 충격을 받았다. '임산부' '졸음'으로 검색했더니, 이번에도 눈물 없이 읽을 수 없는 처참한 경험담들이 쏟아졌다. 너무 잠이 오는데 쉴 곳이 없어서, 화장실에서 또는 탈의실에서 쪼그려 앉아 쪽잠을 청한다는 임산부들이 전국에 가득했다.

알고 싶지 않고, 더더욱 겪고 싶지는 않았던 고통스러운 세계가 내 앞에서 문을 활짝 열고 사악하게 웃고 있었다.

난 약자가 됐는데, 이 사회는 약자에 가혹하거나 무심했다.

서. 러. 윘. 다

임신한 열 달 동안 자리를 양보받은 건 딱 한 번이었다. 양보를 권한답시고 아무리 화려한 핑크빛으로 의자를 몽땅 칠해버려도, 사람들은 일단 자리에 앉으면 계속 휴대전화만 보고 있을 정도로 무심하거나, 또는 피곤했다. 그들을 자리에서 일어나라고 할 만큼의 뻔뻔함은 내게 없었다. 차라리 구석에 조용히 서 있다 빨리 내리는 편을 택했다. 내가 사는 사회가 이런 곳이었구나…… 서. 러. 윘. 다.

육아휴직을 하고 아기를 돌보던 시기, 집 안에서 하루 종일 아기하고만 있는 게 답답하고 힘겨워 유모차를 끌고 산

책이라도 나가보려고 하면, 일단 야외 활동이 가능한 날이 1년에 며칠 안 됐다. 봄에는 미세먼지, 여름엔 폭염, 겨울엔 혹한, 장마와 때때로 비……. 사무실 안에서 일할 땐 잘 느끼지 못했던 우리나라 환경과 기후문제의 심각성을 온몸으로 느끼며 하루하루 날씨를 확인하며 살았다. 원래 약자가 날씨 영향도 더 직접적으로 받는다고 했었지…….

모처럼 날씨가 좋아 기저귀와 우유, 아기 여벌 옷을 바리바리 싸서 일단 집을 탈출하는 데 성공했다 해도, 뚜벅이 엄마와 아기를 데려 갈 수 있는 곳은 지극히 제한되어 있었다. 종로 인사동 거리에는 곳곳에 수유실도 있다는 정보를 확인하고 집 앞에서 지하철을 탔는데 환승역에서 바로 길이 막혔다. 엘리베이터로는 환승 플랫폼까지 갈 수가 없어서 긴 계단을 걸어 올라가 지하철을 갈아타야 했다. 아이를 태우고 아래는 짐을 가득 실은 유모차의 핸들을 잡고 그 계단을 물끄러미 바라보다 어쩔 수 없이 포기하고 다시 집으로 돌아왔다. 서. 러. 웠. 다.

이 사회가 주는 메시지는 뚜렷했다. 억울하면 운전을 하든가 택시를 타든가. 하지만 아기와 유모차와 온갖 짐들을 들고 택시를 탄다? 난 아기만 안고 있으면 되고 짐 싣는 걸 도와줄 친절한 기사님 만나기만을 기도하면서? 현실을 깨닫는 데는 그리 오랜 시간이 걸리지 않았다. 기사님은 그저 바라만 보실 뿐…… 혼자 아기를 안고 유모차를 접어서 차에 넣으려고 낑낑대다 아기 머리가 차에 쾅 부딪힌 뒤로는 집에 있는 편을 택하게 됐다. 사회가 정한 소위 '정상인' 범주에서 벗어난 이들에게 그건 네 책임이고, 불편하고 힘든 건 네가 알아서 하라는 분위기에 질려버렸다. 휠체어를 타는 장애인들이 이동권을 보장하라면서 자신들의 몸을 쇠사슬에 묶고 절박한 투쟁에 나서는 이유를 진심으로 공감할 수 있었다.

엄마가 되고 나서 겪은 서러운 일들을 얘기하자면 그것만으로도 책 한 권이 모자란다. 하늘이 준 선물이라는 둥, 사람 젖을 먹이지 소젖을 먹이냐는 둥, 아기 건강과 지능 향상과 애착 형성에 최고라는 둥 '모유 수유'를 강조하고 모유 수유를 안 하는 엄마는 나쁜 엄마인 것처럼 느끼게 만들면서도, 막상 모유 수유를 할 수 있는 시설은 찾기 어려웠다. 아기 엄마들이 백화점과 마트에 많은 건, 그들이 '남편들이 벌어다 주는 돈으로 비싼 커피나 사 마시는 된장녀'이기 때문이 아니라, 그나마 그런 곳들에서만 수유시설을 손쉽게 찾을 수 있기 때문이다.

이번엔 복직을 코앞에 둔 시점이었다. 집 근처 어린이집

들을 알아봤는데 믿을 만한 곳들은 대기가 이미 200~300명씩 밀려 있어서, '역시 아기를 낳으라고만 하고 도와주는 건 하나도 없구먼!' 분통을 터뜨리며 급히 회사 근처로 이사하기로 막 결정한 뒤였다. 집을 구하기 위해 대출을 알아봤는데, '나름 안정적인 직장에 10년 넘게 다녔으니 손쉽게 대출이 가능하지 않을까?' 하던 기대와 달리 어디서도 돈을 빌릴 수가 없었다. 이유는 간단했다. 그 전해에 소득이 없어서.

이땐 진짜 폭발했다

'님들, 저출산이 문제라면서요? 애를 낳으라면서요? 그런데 애 낳고 돌보느라 육아휴직 한 건데 그런 사유는 보지도 않고 전해 소득이 없었다고 금치산자 취급하나요? 저 10년 넘게 돈 벌고 세금도 꼬박꼬박 냈거든요? 그런 기록은 안 보세요? 선진 금융기법 다 어디 갔어요?!'

육아휴직이 끝나고 일터로 돌아오고 나서는 이 서러움이 더 크고 깊어졌다. 우리 사회에서 원하는 훌륭한 직장인은 새벽부터 밤늦게까지 온 힘을 다해 일하면서, 부족한 부분은 퇴근하고 나서도 알아서 더 일하는, 아이라든지, 가정생활이라든지, 개인의 취미라든지 하는 건 전혀 염두에 두지 않아야 가능한 인간형이었다.

이런 가혹한 운동장에서도 예전엔 '일은 더 열심히 하고, 술도 더 맹렬히 마시면 되지!'라며 자신감 있게 달릴 수 있었지만, 임신과 출산은 나의 머리채를 출발선 100미터 뒤로 확 잡아끌었다. 그리고 이제 다시는, 1인분의 노동력을 흡족하게 제공하는 이들과는 같은 선에 설 수 없다는 걸, 늘 '아기냐 일이냐'를 저울질하면서 그때그때 어떤 선택을 하든 죄책감을 느끼며 살아갈 수밖에 없다는 걸, 매 순간 깨닫는다.

우리나라 합계 출산율이 0.98명(2018년 기준), 그러니까 여성 한 명이 낳을 걸로 기대되는 자녀가 한 명이 안 된다는 소식이 주요 뉴스로 전해진다. 이런 기록은 세계 최초이자 세계 유일이라고 하는데, 나중에 심각한 사회문제가 될지언정 애 엄마가 되고 계속 서러움만 느껴왔던 입장에서 쌤통이란 생각이 먼저 든다. 아기를 낳으라고 말만 하지 뭘 도와주기는커녕 아이 키우는 환경에 호의적이지도 않은 이런 사회에서 여성들이 아기를 낳지 않는 건, 너무나 합리적이고 현명한 판단이다. '그래도 아이는 있어야 하는 거 아니야?'라는 꼬임에 대충 넘어가기에는 출산 이후 펼쳐질 현실이 너무나 가혹하다. 진짜 심각하게 출산율이 문제라고 생각한다면, 애 낳고 키울 수 있게 잘 좀 해주시든가요.

난 어쩌다
꼰대가 됐을까

"선배 '꼰대'임을 인정해요, 이제."

술 먹다가 처음 이 얘기를 들었을 땐 그저 농담이라고 생각했다.

내가 꼰대라고? 에이, 무슨 소리야, 나야 나! 누구보다 자유를 중시하고, 차별에 민감한 나라고!

그런데 곧 '꼰대'를 넘어서 '마초' 소리까지 듣게 되며 혹시 내가 진짜 꼰대인 건가 스스로 자신이 없어졌고, 바로 이어진 '뻐큐 사건'으로 정말 심각하게 나 자신을 돌아보게 되었으니……

'뻐큐' 사건의 전모

사건은 이랬다. 어느 날, 가까운 지인이 걱정스럽게 말을 걸어왔다.

"회사에서 엠티를 갔는데 말이야, 저녁에 옆 팀 팀장이 우리 팀에 놀러 와서 취한 상태로 양손 가운데 손가락을 올리고 사람들한테 여기저기 '뻐큐'를 날렸어."

다 듣기도 전에 나는 웃음부터 터뜨렸다.

"아니, 도대체 언제 적 '뻐큐'야! 초딩인가요? 추억 돋네! 그 팀장 몇 살이야? 너무 웃긴다!"

지인의 표정은 여전히 심각했다.

"웃을 일이 아니라고. 그 자리에 있던 한 팀원이 공개 사과를 원하고 있는데, 어떻게 해야 하지?"

난 여전히 웃음을 참지 못하고 있었다.

"아고, 그 자리에서 같이 뻐큐를 날렸어야 하는데! 아니면 거울 반사! 거울 반사 곱하기 백! 거울 반사 백 곱하기 백! 정 기분이 안 풀린다면 다음 회식 때 '뻐큐권'을 주는 게 어때?"

나는 고개를 절레절레 흔드는 지인의 모습은 못 본 척하면서 킬킬거렸고, 나중에 후배들을 만나서도 웃으며 이 얘기를 꺼냈다. 그런데 분명 웃기려고 꺼낸 얘기였는데 나만 웃고 있고 후배들의 표정이 모두 내 지인처럼 심각해지는 걸 보게 되었으니.

"선배, 사과하는 게 맞는 거 같아요."

"으, 으응?"

"둘이 친구도 아니고, 회사에서 직급별 권력 차이가 큰데……. 욕을 해서 그 자리에 있었던 사람이 불쾌하다고 느꼈으면 사과하는 게 맞는 거 아닌가요?"

"아, 아니. 그렇긴 한데……."

내가 당황해서 할 말을 찾지 못하는 사이에, 대화는 자연스럽게 사내 문화에 대한 이야기로 흘러갔다. 기사 처리를 제대로 하지 못했다고 보도국이 떠나가라 욕을 하는 선배를 옆에서 보기만 했는데도 얼마나 충격을 받았는지, 또 인터넷 기사를 수정하는 과정에서 이해할 수 없는 이유로 욕을 먹고 얼마나 기분 나쁘고 당황했는지 등등. 10년 넘게 차이나는 후배들이 그동안 겪은 일들과 마음고생을 꺼내놨다.

내가 알고 있던 일도, 모르고 있던 일도 있었는데, 솔직히 나라면 큰 문제라고 느끼지 않고 그저 '그러려니' 지나갔을 법한 것들이 많았다. '술병이 날아다니고 물리적 폭력이 횡행하던 시절도 있었는데, 그래도 지금은 많이 나아진 거 아닌가'라고 내심 생각했던 것 같기도 하다.

직접 욕을 먹었다는 후배에게 말을 붙였다.

"그런 상황에서 욕을 먹었으니 진짜 억울하고 속상했겠다……. 그래서 어떻게 했으면 좋겠어?"

얘기를 듣던 다른 후배가 조용히 말했다.

"그런 식이더라고요. 공감을 표시하고, 어떻게 했으면 좋겠냐고 물어보고, 그러고는 그냥 없던 일이 되고."

순간 나도 몰랐던 내 속마음을 들킨 것처럼 얼굴이 화끈거렸다.

어차피 문제 삼긴 어렵다는 걸 전제로 대충 들어주고 위로해주는 척하며 은근슬쩍 빠져나가려고 했구나……. 분명 10여 년 전, 나는 군대 같은 우리 사회와 조직이 몸에 안 맞는 옷처럼 하나하나 너무 불편하고 부당하게 느껴지고, 나의 분노와 문제제기를 그저 사소한 것으로 취급하는 선배들이 정말 싫었는데……. 그런 나의 모습은 아주 옛날 얘기고, 이제 그럭저럭 조직에 적응한 사람이 되어 후배들을 똑같이 대하고 있구나.

내가 꼰대가 되어버린 걸 마음으로 받아들일 수밖에 없었고, 이를 어찌해야 되나 고민이 커졌다.

사람이 모르면 배워야지

하지만 또 인생이 '궁'하면 '통'하는 법!

계속 마음이 무거웠던 나에게 회사에서 차장 승진 연수를 받으라는 연락이 왔는데, 연수 제목이 무려 '누구든 언젠가는 꼰대가 되니까'였고, 꼰대인 차장들이 후배들과 사이 좋게 지낼 수 있는 법을 가르쳐준다고 했다. 이것은 하늘이 나에게 내려준 동아줄인 것인가!

'기자들한테 그런 건 필요 없다! 난 한 번도 회사 연수 같은 걸 받아본 적이 없는데 그런 데를 뭘 굳이 가느냐! 일이나 해라!'라는 정말 꼰대 같은 구박은 뒤로한 채, 기필코 꼰대가 되지 않는 법을 배워 오리라는 굳은 의지와 희망을 품고 1박 2일의 연수 길을 떠났다. 이건희 빼고 우리나라 재벌 총수는 다 만나 리더십을 가르쳐봤다는 교수님에, 이 주제로 쓴 책이 베스트셀러에 올랐다는 유명 강사님에, 기라성 같은 선생님들은 어쩜 내 맘을 이리도 잘 아시는지……. 눈물이 찔끔 날 것 같은 위로의 말부터 꺼냈다.

"차장님들 긴 세대라 고생이 많으시죠? 윗세대 진짜 꼰대들은 꼰대라는 의식도 없이 하고 싶은 거 다 하면서! 조직에서 모든 걸 다 누리면서! 평생을 살았는데, 그걸 다 참고 견뎌내고 힘겹게 살아온 지금 차장님 세대들은 난 저러지 말아야지 하는 'Good Guy Complex'를 가지고 나름 최선을 다하는데도 꼰대라고 욕먹습니다.

근데 후배들이 윗세대랑 지금 차장님들이랑 누구를 더 싫어하는지 아세요? 바로 차장님들이에요. 꼰대들은 그냥 꼰대인데, 차장님들은 '착한 척하는 꼰대'라고."

아, 그럼 도대체 어떻게 살아야 하나……. 선생님들이 해주시는 말씀을 하나라도 놓칠세라 열심히 받아 적었는데, 평생 경영과 관련된 강연에는 근처에도 가보지 못한 나에겐 완전히 신세계였다. 그리고 그중에 알짜 내용들을 공유하자면 이렇다.

일하는 방식은 목표 중심적인지 관계 중심적인지, 또 행동 지향적인지 사고 지향적인지에 따라 크게 네 가지로 나눌 수 있다. 설문에 답해보니 '관계+행동 지향'인 나는 '표현형' 인간으로 분석됐는데, 노래방을 싫어하더라도 분위기를 띄우기 위해 자진해서 넥타이를 머리에 두르는 캐릭터로, 자리에 앉자마자 자기가 좋아하는 노래가 있나 없나 선곡책만 보고 앉아 있는 '분석형' 인간들과는 상극일 수밖에 없다고 했다. 성향이 다를 뿐 다름을 이해하고 인정하라는 결론인데, 그렇구나! 걔가 싸가지가 없어서 노래방에서 계속 앉아 있던 건 아니구나! 그저 나와 다른 인간형일 뿐…….

갈등이 벌어지는 가장 큰 이유는 '좋은 의도를 나쁘게 표현하기 때문!' '내가 걔를 위해서 하는 말이지'라는 생각은 쉽게 도덕적 우월감으로 이어지고, 그러다 보면 표현이 거칠게 나가기 마련이고, 결과적으로 좋은 의도로 한 말이 상대방에게 상처만 주고 끝나는 경우가 많다는 거였다. 아……. 나의 수많은 과거가 머릿속을 지나갔다. 내가 다 잘되라고 말하는 건데 후배들이 왜 내 맘을 몰라주나 서운했는데, 그 마음보다 표현하는 방식에 상처를 받았겠구나.

그래서 어떻게 해야 하는데?! 여기서 밑줄 쫘악! 선생님들은 'I(나)-메시지'로 상당히 많은 문제가 해결된다고 알려줬다. 그러니까 "너 이 자식 왜 이렇게 매일 늦어"처럼 '너'를 주어로 쓰지 말고 "'나'는 네가 늦어서 당황스럽구나. 업무에 영향을 줄 수 있을 것 같은데 좀 일찍 출발하거나 약속 시간을 아예 변경하는 게 어때?"라고 나의 감정과 이유를 설명하고, 대안을 제안하는 화법을 쓰라는 거였다. 그리고 또 하나, 밤늦게 일이 끝났을 때 같이 밥을 먹자고 하면 집에 가고 싶은 사람들이 싫어하고, 그냥 가자고 하면 배고픈 사람들이 싫어하니, 매사에 선택지를 넓혀주라고 했다. 옳거니! 이건 바로 적용할 수 있겠는데.

배웠으면 실천해야지!

이제 이론을 장착했겠다, 바로 실전이다.

기사를 이상하게 쓴 후배에게 "야! 이게 뭐야"라고 말하려다가 '이러면 꼰대'라는 알람이 머릿속에 울린다. 그런데 배워온 'I(나)- 메시지 화법'에 맞추자니 이렇다.

"네가 기사를 이렇게 쓰니 내가 속상하구나. 시청자들이 기사를 잘 이해하지 못할 수 있으니 좀 바꿔보겠니?"

이렇게 말하면 후배가 "선배 더위 먹었어요?" 내지는 "왜 이래요? 미쳤어요?" 할 게 뻔하다.

이건 아닌 거 같은데…….

다음은 회식 자리. 최대한 선택지를 주려고 애쓴다.

"소맥, 탈래, 안 탈래?"

"첫 잔이지만 원샷 할래, 안 할래? 안 해도 괜찮아. 진짜야. 나, 서운하지 않아."

탈꼰대 연수를 받고 오더니 더 이상해졌다는 야유가 후배들에게 쏟아진다.

역시 이상과 현실의 괴리라니……. 대안적인 여성 리더십이란 무엇일까 고민을 해도 모자랄 판에 탈꼰대, 탈마초를 고민하는 나 자신이 한심하긴 하지만, 그래도 어떡하겠나. 나 자신을 정확히 알고 반성하는 것부터 시작해야지. 앞으로도 꼰대에서 벗어나기 위한 나의 노력은 계속될 거다. '에라, 모르겠다. 될 대로 돼라'라고 생각하는 순간, 진짜 꼰대 확정이다.

할 만큼 했다는
생각이 들어서

　　　　토요일 뉴스 진행을 마치고 집에 돌아와 침대에 누웠는데, 몸은 극도로 피곤한데도 잠은 오지 않고 정신이 점점 더 말똥말똥해졌다. 비록 잠시지만 이렇게 아무것도 안 하고 가만히 있는 게 도대체 얼마 만이야……. 어색했다. 그리고 자연스럽게 전쟁 같았던 지난 일주일이 머릿속을 지나갔다.

　왜 그런지 알 수 없지만 아이에게 애착 3순위쯤이었던 내 순위가 갑자기 1, 2위로 올랐다. 결과는 대재앙! 자다가도 몇 번을 "엄마 어딨어?" 찾고, 다시 재우고 급하게 출근 준비를 하는데도 "엄마 어딨어?" 하며 다시 일어나 울고, 간신히 출근 채비를 마치고 국회로 출발하려고 집을 나서는데도 대성통곡을 하며 다리를 붙잡고 매달려, 떼어내는 데 30분 소요, 결국 지각을 하고야 말았다. 그렇게 새벽부터 아이와 실랑이를 하고 일을 하러 가면 눈물로 범벅된 아이 얼굴이 하루 종일 나를 따라다니는, 몸과 마음이 힘든 상황이 지난주 내내 되풀이된 것이다.

하필 이럴 때, 왜 이리도 일은 많은 건지! 월화수목금 5일 중에서 월, 화, 목 3일이나 저녁 약속이 있어 밤 12시가 다 되어서야 집에 돌아왔고, 이 가운데 이틀은 소맥 폭탄까지 거나하게 마셨다. 내가 정치팀에 없었다면 결코 가지 않았을, 순도 100퍼센트 취재를 위한 자리였는데도 근무 시간에는 포함도 안 되고, 그런데도 이미 노동 시간은 주 52시간을 꽉꽉 채워 넘쳐가고 있고…….

시간이 1초만 늦어도, 글자 하나만 틀려도, 바로 사고로 이어지는 업무 특성상 늘 긴장해 있다 보니 온몸의 근육은 땡땡 뭉쳐 있고, 열심히 술을 마셨더니만 또 바로 몸무게와 배 둘레가 급증하여 피팅 시간엔 "어? 이 옷이 이런 느낌이 아닌데" 하여 코디님께 큰 웃음도 안겨드렸다. 그리고 이렇게 신세한탄을 계속하다 보면 늘 이르는 종착지.

'후유……. 내가 왜 이러고 사나. 무슨 부귀영화를 누리겠

다고.'

이런 생각에 자주 빠지고 심지어 가끔은 "죽어서 '무'의
상태가 되면 좀 편할까" 싶기도 했던 어느 날, 나처럼 생각
만 하고 까먹고 일했다 다시 우울했다 하는 쳇바퀴를 과감
하게 벗어나, 회사 탈출을 감행한 아들 엄마 '김 피디'를 모
처럼, 그러니까 김 피디의 퇴사 이후 처음으로 만나게 됐다.

'이런 걸 물어보는 게 예의가 아닐지도 몰라. 먼저 얘기할
때까지 기다리자.'

분명 스스로 다짐도 했건만, 궁금한 걸 못 참는 직업병 탓
인지 엉덩이를 붙이기도 전에 물어보고야 말았다.

"너, 회사 왜 그만뒀니?"

"흠……. 할 만큼 했다는 생각이 들어서."

그 정도로 나의 궁금증이 풀릴 리는 만무했다. 방송국에
는 기자든 피디든 아나운서든 어려서부터 그 일을 하길 간
절히 원하다 최소 수백 대 1의 경쟁률을 뚫고 '마침내 꿈을
이루고' 입사하게 된 사람들이 많은데, 피디 중에서도 똑 부
러지고 지적이던 그녀가 그렇게 홀연히 일을 그만두고 떠
나다니, 주변 사람들은 모두 충격을 받았던 것이다. 하지만
더 이상 캐묻지는 않았다. 그녀가 회사를 그만둔 바탕에는
수많은 구체적인 이유가 알알이 박혀 있겠지만, "할 만큼 했

다"는 말에 그게 무엇인지, 나도 알 것만 같았다.

워킹맘의 대차대조표

우리는 일을 왜 하는 것일까? 물론 그저 재미를 위해 한다는 사람도 몇몇은 있겠으나 일단 크게는 '사회적 의미를 찾아보려고', 그리고 '돈을 벌기 위해서', 이 두 가지 정도로 정리될 것 같다.

먼저 경제적 면을 살펴보면 집안일과 육아를 엄마 아빠가 직접 하면 사회적으로 경제적 가치를 인정받지 못하는 반면, 누군가에게 맡기려면 많은 돈이 든다. 출퇴근이 들쭉날쭉한 기자 엄마들은 어쩔 수 없이 이른바 입주 이모님을 모시게 되는 경우가 많은데, 요즘 시세를 들어보면 최소 한 달에 250만 원은 드리는 듯하다. 이것은 최소한의 고정비용일 뿐 명절 때 드리는 수고비와 식비 등 온갖 부대비용까지 생각하다 보면 아무리 비교적 안정적인 회사의 정규직이더라도 '내가 이분들 월급을 드리려고 회사를 다니나' 하는 생각이 때때로 들 수밖에 없는 것이다.

돈이 많이 들더라도 그나마 좋은 분을 만날 수 있으면 천운을 타고난 것이다. 알고 보니 이모님이 우울증이 있어서 아이를 안고 눈물을 뚝뚝 흘리고 있었다거나 집에 갑자기 갔더니 아이가 물에 밥만 말아 먹고 있었다는, 어떤 공포영화보다도 더 무서운 실화가 곳곳에서 들려온다. 한 달 내내 고생해도 경제적으로 그다지 여유로운 것도 아닌데, 아이까지 안전하지 않다는 생각이 들면 엄마는 마음이 사정없이 흔들린다. 그리고 사회적 의미고 뭐고 자존감부터 무너져 내린다. 육아는 그야말로 끝이 없어서 물병 하나, 쪽쪽이 하나를 고르려고 해도 검색을 하다 보면 끝없는 개미지옥에 빠지고, 아이에게 쏟을 시간은 턱없이 부족하다. 동시에 회사에선 "애 낳더니 변했다" "이기적이다"라는 질시를 들으며 억울함과 분노, 서러움을 동시에 느끼게 된다. '지금 이런 사회의 시스템에서 육아와 일을 다 한다는 게 가당키나한 일인가?' '왜, 둘 다 일하는데 육아에 대한 책임감은 엄마가 더 느껴야 되는 건데?' 하고 생각하면서……. 결국 마음이 한쪽으로 기울었을 때 회사를 떠나고, 그다음에는 쉽게 다시 돌아오지 못한다.

우리 살아남아요

영국 대사관에서 여는 '여성 역량 강화'를 위한

행사에 참석할 기회가 생겼다. 와인을 한 잔씩 들고 서서, '브리시티 잉글리시'로 이야기를 나눠야 하는 상황에 '이것은 영어 듣기 평가 시간인가' 하고 가뜩이나 좌불안석이었는데, 함께한 여성들과 얘기해보니 마음은 더 무거워졌다. 연사로 행사에 참석했던 한 국제기구의 상급 직원은 해외에서 일할 때 남자 직원들은 테니스를 치거나 술을 마시면서 네트워킹에 열심이었는데, 온갖 티 안 나는 잡무들은 여자 직원들이 도맡아 하다 보니 거의 매일 밤 12시는 되어야 집에 들어갔다고 하소연했다. 또 유명 로펌의 한 변호사는 로펌에서 여자 변호사들은 애 낳기 전까지만 살뜰히 부려먹는 사람쯤으로 생각한다며, 그나마 고객사들, 그러니까 성평등을 중시하는 외국 기업들이 "너희는 여성 변호사는 왜 안 보이냐"라고 계약 조건에 여성 변호사들의 업무 배당을 내걸면서, 그나마 시니어 여성 변호사들이 설 자리가 생겼다고 얘기해줬다.

모두 영유아기의 자녀를 둔 우리들은 육아에 대해서도 할 말이 많았다. 엄마나 아빠나 다들 육아에 대해서 모르는 건 마찬가지였고 가르쳐주는 사람이 아무도 없어서 힘들었다는 경험담을 함께 나눴다. 또 엄마가 하는 건 당연하고 아빠는 조금만 해도 칭찬받는 게 너무 부당하지 않냐고! 당신도 그랬냐며 바로 의견 합치를 보고, "짜장면 맨날 먹는 사람이 짜장면 사진은 안 올리는 것처럼" 매일 육아를 하는 엄마들은 가만히 있는데, 가끔 육아하는 아빠들이 sns는 열심히 한다며 뒷담화도 신나게 했다. 그리고 나서 거의 눈물이 그렁그렁해진 채 "우리, 꼭 살아남아요" 하고 서로 다짐하며, 그렇게 헤어졌다.

그저 버티는 게 답일까?

앞에서도 썼듯 대한민국에서 워킹맘으로서 나의 육아 여건은 상위 1퍼센트 안에 든다고 생각하는데, 이런 나도 하루하루를 버틴다는 마음으로 살아가게 되는 걸 보면 우리 사회가 정상은 아니라는 생각이 든다. 서울대 경제학과에 여자 교수를 이제야 처음으로 뽑았다거나 페미니스트 협회를 만들었는데 할아버지들만 잔뜩 모여서 출산율을 높이자는 캠페인을 한다는 이런 놀라운 소식 없이, 그저 여기저기에 여자들이 늘어나면 좀 괜찮아지지 않을까, 나도 오래 잘 버텨서 쪽수라도 늘리는 데 기여하자고 생각하고 다짐했다. 그런데 이런 내 생각을 듣고 있던, 여성 노동 문제를 다루는 한 박사님이 조용히 말씀하셨다.

"육아휴직 쓰고 돌아와서 계속 일하는 여자 직원들의 수가 많으면, 후배 여성들한테 어떤 영향을 주는지 조사한 연구가 있어요. 그런데 출산 이후에도 계속 버틴 여자들이 많을수록, 후배 여직원들은 오히려 결혼을 안 하겠다거나 출산하면 퇴사하겠다고 마음먹는 것으로 나타났어요……."

"네? 그건 왜 그렇죠?"

"그 이후의 삶이 너무 힘든 게 보이니까, 그렇게는 못 살겠다 생각하는 것 같아요."

고통도, 문제도 심각하지만 해결 방향은 뚜렷하다. 엄마 아빠가 직접 애를 키울 수 있도록 일은 더 줄이고 나눠야 하고, 보육 책임을 사회도 함께 져야 한다. 그리고 육아가 특히 엄마의 책임으로 더 몰리지 않도록, 적극적으로 차별을 막아야 한다. 그러기 위해선 기업을 대상으로 규제도, 당근도 필요하다. 이렇게는 못살겠다는 절규에 가까운 호소가 왜 변화로는 이어지지 않는 걸까. 자기 손으로 아기 기저귀도 몇 번 갈아보지 않은 원로 남성들이 정책을 만들고 실행하고 있어서 그런 건 아닐까.

앵커는
생리중

"선배, 오늘 컨디션 안 좋으신가 봐요?"

뉴스가 시작되고 10분도 지나지 않아 같이 뉴스를 진행하던 J가 말했다. 그도 그럴 것이 톱뉴스부터 말을 어버버 씹기 시작해서, 바로 다음 뉴스는 "이 ○○ 기자가 보도합니다"라고 해야 할 것을 "이 ○○ 기자님이 보도합니다"라며 기자에게 극존칭을 써버렸던 것이었다.

뉴스가 끝나고 스튜디오를 빠져나오는데, 뉴스 피디 선배도 J와 똑같이 말했다. "오늘 컨디션 안 좋은가 봐요."

"네, 좀 그렇네요"라고 말하고 말았지만, 이유는 명확했다. 내가 생리중이었던 것이다!

첫 생리의 기억

　　돌이켜보면 부모님은 뭔가 '딸의 생리에 대처하는 올바른 방법'에 대해 교육을 받으셨던 게 아닌가 싶다. 책에 나올 법한 모범적인 방법으로, 생리를 시작하는 건 축하할 일이라며 혹시 팬티에 피가 비치게 되면 꼭 말하라고 사전에 신신당부를 하셨고, 마침내 일이 벌어졌던 날, 나는 너무나 기뻐하며 부모님께 뛰어가서 이 소식을 알렸다. 그리고 그날 우리는 함께 조촐한 가족 파티를 했던 것 같다.

　그런 부모님을 만난 건 정말 행운이라고 생각하지만, 이제 가임기 여성으로서, 집 밖에서 어떤 교육을 받았는지, 그 기억 역시 너무 또렷하다.

　전교생 3천 명이 모두 여학생인 중학교를 다니던 그때, 아침 조회시간이면 한 반이 한 줄씩만 섰는데도 어느 쪽을 바라봐도 반대편 끝이 잘 보이지 않을 만큼 긴 줄을 신기해하며 우리 스스로를 '3천 궁녀'라며 낄낄거리던 그 시절, 선생님이 성교육을 하겠다며 하얀 A4 용지 한 장을 들고 우리 앞에 섰다.

　"이 종이 보이지? 이걸 처녀막이라고 생각하면 되는 거야."

그 선생님은 바로 까만 볼펜을 들어 종이의 한가운데를 가격했다. "남자랑 같이 자면 이렇게 처녀막에 구멍이 뚫리게 되는 거야. 회복이 영원히 불가능해."

선생님이 우리에게 주고자 하는 건 지식이 아니라 공포였다. 결혼 전에 성관계를 하면 큰일 나고 인생도 망할 테니 상상도 하지 말라는 협박. 남자와 잔 여자는 걸음걸이부터 달라져서 딱 보기만 해도 티가 난다는 둥 말도 안 되는 이야기들이 '교육'이란 이름으로 이어졌다.

하지만 성춘향이 이몽룡을 만났던 것도 열여섯 아니었나? 나의 경험상, 그리고 주변을 보더라도 이런 협박이 통할 거라고 생각한다면 큰 오산이다.

20대의 생리 vs. 40대의 생리

생리는 일단 무엇보다 무지무지 귀찮은 존재였다. 그리고 여전히 그런 존재이다. 가뜩이나 칠칠맞지 못한 나에게 실수할 여지가 있는, 툭하면 잘 대처하지 못해 이불이나 옷을 빨게 만드는 일이었다. 게다가 생리대는 착용감이 불편했고 성분 문제인지 통기성 문제인지 종종 염증을 일으키는 데다 비싸기까지 했다.

생리 주기에 따라 성격도 변했다. 나에게 말을 거는 모든 사람이 짜증스럽게 느껴지고, 눈에 띄는 모든 것들이 마음에 안 들고, 울컥 벌컥 분노와 눈물이 터져 나와 힘겨웠던 날, 다음 날 생리가 시작되면 '아, 그래서 그랬구나' 하며 나 자신을 이해하고, 괜히 고생한 주변의 여러 피해자들에게 미안함을 느끼곤 했다. '생리 전 증후군'이라는 말은 한참 뒤에야 알게 됐던 것 같다.

30대 후반을 지나고 나서는 나이 탓인지 출산 탓인지, 생리를 할 때 감정기복에 더해 신체의 모든 기능, 특히 원래 약했던 부분부터 상태가 확연히 안 좋아지는 증세가 추가됐다. 일단 생리 시작 며칠 전부터 소화가 잘 안 되기 시작해서, 식사량을 줄여도 계속 얹혀 소화제를 달고 며칠을 보내게 된다. 심각한 근시인 눈도 더 침침해지면서 앞이 평소보다도 잘 안 보이고, 집중력이 약해지면서 일의 효율성도 떨어진다.

몸은 점점 둥글둥글해지는데 감각은 더 예민해지는지, 이제 몸으로 생리 주기가 내내 느껴진다. 성격이 평소보다도 더 울퉁불퉁해지고 가정 및 사회생활이 불가능할 정도로 극한으로 치달으면 '아, 이제 시작할 때가 되었군' 하고, 배가 빵빵해지고 불편해지면서 평소 멸종 상태인 성욕이

미약하나마 존재를 드러내면 '이제 배란기군' 하게 되는 식
이다.

앵커는 생리중

이날은 생리를 시작하고 이틀쯤 지났을 때, 그러
니까 신체 기능 약화 현상이 가장 두드러지는 시기였다. 전
날 나름 일찍 잠 드는 데 성공했는데도 일어나니 몸이 천근
만근, 목소리도 잘 나오지 않고 눈도 침침했다. 회사에 출근
해서 이날 뉴스에 나갈 기사들을 보는데도 집중력이 떨어
져서 평소보다 시간이 두 배는 더 걸렸다. 오늘은 욕심내지
말고 그저 실수 없이 하루를 잘 마무리하자고 다짐했다.

방송 시작 60초 전부터 하나씩 줄어드는 숫자……. 마침
내 숫자가 0이 되면, 먼저 뉴스의 타이틀이 돌아가기 시작
하고 "앵커 스탠바이" 하는 피디의 목소리가 귀에 낀 인이어
이어폰을 통해 들려온다. 그리고 나를 비추는 카메라에 빨
간 불이 들어오면, 이제 내가 하는 모든 말과 행동, 표정이
그대로 바로바로 전파를 타는 생방송 시작!

이제 꽤 익숙해졌다 싶으면서도 끊임없이 '괜찮아, 잘할
수 있어' 나 자신을 독려도 해야 하고, 기사의 맥락과 강조할

부분, 발음 등에 대해 끊임없이 판단하고 정확하게 실행해야 하는 업무인데, 눈이 침침해 프롬프터도 잘 안 보이는 듯하고, 순간순간 마음이 흐트러지며 작은 실수가 반복됐다.

그나마 다행인 점은 방송할 때 실수는 남보다는 나 자신에게 훨씬 더 크게 느껴져서, 스튜디오 밖에 나와서 침울하게 "어휴, 오늘 너무 많이 틀렸죠" 말해도 대개는 "응? 무슨 일 있었어?"라는 답변을 듣게 된다는 것이랄까. 이날도 J와 뉴스 피디 선배를 제외하고는 대부분 큰 차이점은 느끼지 못한 듯했다.

젖꼭지 때문에 생리 얘기도 꺼냈습니다

이 얘기를 할까 말까 하다 굳이! 꼭! 해야겠다고 마음먹은 건, 스물다섯이라는 나이에, 너무 일찍 세상을 떠난 가수 겸 배우 설리 때문이다.

그녀에 대해 잘 알지 못했고 고인에 대한 얘기를 꺼내는 것도 조심스럽지만, 브래지어는 건강에도 안 좋고 착용 여부는 자유에 맡겨야 한다고 말하고 실제로 그렇게 행동했던 것이, 또 연애에 대해, 낙태에 대해, 여성의 권리에 대해 자신의 의견을 당당하게 밝혔던 것이 그토록 공격의 빌미가 되고 그녀가 그런 결정을 내리는 데 영향을 줬을 거라는 데 생각이 이르면 가슴 아프다.

젖꼭지는 다들 있는데, 왜 남자는 드러내도 되고 여자는 가려야 하는 거지? 이 질문은 여성들이 일생동안 마주하게 되는 수많은 의문들 중에 하나일 뿐이다. 왜 남자 아기는 고추를 드러내놓고 사진을 찍고 여자 아기는 성기를 가리지? 가임기 여성에게 생리는 안 하는 게 오히려 문제인, 일상적인 일인데, 왜 '마법' '그 기간'이라고 하면서 생리중임을 숨기지? 생리대를 사면 왜 당연히 숨겨야 할 것처럼 검은 봉지에 넣어서 주는 거지? 왜 산부인과 진료는 '치료'인데 수치심을 느끼게 되는 거지? 왜 성폭력 피해자가 꽃뱀으로 욕먹고 가해자는 사회에서 잘 살아남는 거지? 왜 아기가 태어나면 우선 아빠 성을 따르게 되는 거지? 이런 질문을 놓지 않고 자신의 답을 찾아내 말하는 여성들을 왜, 우리 사회는 그토록 못 견뎌하는 거지?

한국 사회에서 자라온 '아줌마'로서 생리 얘기를 꺼내는 게 100퍼센트 마음 편하진 않지만 또 하지 못할 게 뭐 있나 싶다. 따지고 보면 "오늘 좀 두통이 있어서요"와 다를 게 뭐람.

그런데 "오늘 좀 컨디션 안 좋으신가 봐요?"라고 물었을 때 "네, 생리하고 있어서요"라고 답하면 J나 피디 선배는 어떤 표정을 지을까? "갑자기 왜 이렇게 훅?"이라며 황당한 표정을 지을까, 아니면 요새 유행하는 "TMI(Too Much Information)!"를 부르짖으며 머리를 쥐어뜯을까? 하하. 모르겠다. 그것은 또 그들의 몫.

아이고,
뉴스 특보입니다

징조가 좋지 않았다.

방송 전날인 금요일 저녁, 늘 그렇듯 국회에 있다가 의상 피팅을 하러 회사로 들어왔다. 코디님이 가져다주신 옷은 검은색 바지와 예쁜 자주색 블라우스, 그리고 하늘색 재킷이었는데 이럴 수가! 모두 다 작아서 입을 수가 없었다! 자주색 블라우스는 바지 안에 넣어 입으면 배가 올챙이처럼 불룩 터질 것 같았고, 하늘색 재킷은 잠기긴커녕 여며지지도 않았다. 코디님이 대강 나의 덩치와 체형을 파악하시고 나서 한 벌이 맞지 않는 경우는 있어도 이렇게 모든 옷이 실패한 적은 없었는데……. 이를 어찌해야 하나 한바탕 난리를 피우고 나서 피팅룸 옷장 안에 있던 큰 옷을 찾아내 단추를 바깥으로 내어 단 끝에 급한 대로 내일 방송을 막기로 했다. 속상한 마음에 바로 남 탓이 하고 싶어졌다.

"코디님, 어째 이런 일이! 너무 작은 옷을 가져오신 거 아닌가욧?!"

"이 바지는 원래 매일 입는 그 바지인데요. 그리고 상의도 66이나 77사이즈일 텐데……."

"정말요? 악!"

아, 그러고 보니 이 바지는 코디님이 나만을 위해 마련해주신, 내 전용 77사이즈 바지인데……. 색깔별로 사두고 번갈아가며 주시는, 한때 불매운동의 대표 브랜드 유○○○의 익숙한 그 바지.

수, 목 이틀 연속 열심히 폭탄주를 말았더니 바로 정직하게 배가 나온 것이었다. 친한 보좌관이 좋은 자리로 옮겨 갔다고 축하주 한 잔(실은 열 잔), 오랜만에 만난 술 친구 경찰 형님과도 반갑다고 또 한 잔(실은 열 잔). 안주는 또 어찌나 훌륭했던지, 전날은 양갈비, 다음 날은 해산물에 닭고기까지 넣은 탕이 유명한 맛집이었지.

"기자님, 제발 다음 주에는 술 좀 먹지 말고 오세요."

"그러고 싶지만 술 먹는 것도 저에겐 의무이자 업무인

걸요!"

이렇게 말은 했지만 알고 있다. 그중 절반은 굳이 안 먹어도 되는, 내가 좋아서 마시는 술이라는 것을……. 세상에 이토록 부정의가 판치는데 나의 삶의 세계에만 인과응보가 확실하다니. 너무 억울했다. 속상하니 술이나 한 잔 더?

새벽 3시 반 출근, 비상 상황 감지

다음 날 새벽 3시 반이 조금 넘어 보도국 앵커 자리에 엉덩이를 붙였는데, 심상치 않은 분위기가 바로 느껴졌다. 아직은 보도국이 고요해야 할 시간인데, 사회부 야근 기자들이 긴급하게 어디론가 계속 전화를 걸고 있고, 아침 뉴스 피디가 그 앞에서 고래고래 소리를 지르고 있었다. 이럴 때 괜히 잘못 말을 붙였다가는 일에 방해만 되고 욕만 먹지……. 조용히 회사 뉴스 시스템을 켜서 도대체 무슨 일이 벌어졌나 확인했다.

[속보] 광주 나이트클럽 건물 붕괴. 10여 명 매몰돼 구조작업 진
행중

뭐라고?! 나도 모르게 자리에서 벌떡 일어날 뻔했다.

건물이 붕괴된 거라면 매몰된 사람이 몇 명인지, 아직 정확히 알기도 어려운 상황이다. 사상자도 얼마나 더 늘어날지 알 수 없고, 대형 참사로 이어질 가능성도 있는 것이다.

아, 이러다 특보하는 거 아니야?

갑자기 불안감이 엄습했다.

특보란 무엇인가. 원래 뉴스 편성 시간이 아닌데 심각한 사건 사고가 터져서 갑자기 뉴스를 하게 되는 것이다. 상황이 급박한 만큼 정리된 정보도, 원고도, 뉴스 순서도 없고, 뉴스 앵커는 귀에 들리는 피디의 목소리에 의존해 뉴스를 진행해야 한다.

그뿐만이 아니다! 뉴스를 순서에 맞게 진행하면서 새로 들어오는 소식도 다시 한번 정리해서 알려야 하고, 중계차를 연결하게 되면 그 화면을 보면서 현장 상황을 짚어주기도 해야 하고, 제보 영상이 확보되면 그 영상을 설명도 해야 하고, 그리고 이 모든 과정을 원고 하나 없이, 원고를 보여주는 프롬프터도 없이 해야 하고……. 특보를 하게 되면……. 한마디로 망하는 거다!

기자로서 갑자기 전화연결을 하거나 중계차를 타는 건 해보기도 했고 잘못하면 나만 혼나면 될 일인데, 뉴스 진행은 전혀 다른 차원의 부담이었다. 가까스로 특보 진행은 앵커가 한 명만 있으면 된다는 사실을 떠올리고 마음을 진정시켰다. 그리고 나는 아직 보도국에 없는 척 숨을 죽이고, 집이 멀어서 나보다 보도국에 늦게 도착하는 J가 어서 나타나기만을 기다렸다.

'J는 왜 오늘따라 더 늦게 오는 거지? 전 아직 마음의 준비가 되지 않았습니다! 특보 진행을 부디 J가 하게 해주세요! J는 특보 진행도 해보고 싶어했단 말이에요! 어서 빨리 와, J!'

마음속으로 거의 절규를 하고 있었는데…… 하늘도 무심하시지, 편집부에서 나를 향해 뚜벅뚜벅 걸어오는 피디의 모습이 눈에 들어왔다.

"특보 스탠바이 해주시죠. 5시에 들어갑니다."

머릿속이 하얘졌다. 하지만 나름 방송기자 경력은 10년도 훌쩍 넘었는데! 짐짓 프로인 척, 괜찮은 척하며 해야 할 일들을 하려고 노력했다. 일단 최대한 빨리 분장부터 받고 왔다. 자리에 돌아오니 그 사이에 J가 도착해서 날 보고 해맑게 웃었다.

"선배, 특보한다면서요? 파이팅!"

아오, 야속한 사람…….

그동안 기자들이 취재한 내용을 종합해보니 다행히 건물 자체가 붕괴된 건 아니고, 복층 구조의 나이트클럽 위층 무대가 무너져 내린 거라고 했다. 그리고 현장의 부상자는 모두 구조돼서 병원으로 옮겨졌는데 그중 사망자도 한 명 확인됐다고 했다. 금요일 밤에 나이트클럽에 놀러 갔다가 목숨을 잃다니 이게 무슨 비극인가……. 하지만 애도의 시간을 길게 갖기도 전에 다시 특보에 대한 걱정이 나를 덮쳤다.

광주 나이트클럽 사고 현장

사상자가 더 늘진 않을 것 같은데 '그럼 혹시 특보도 취소될까?' 잠시 생각했으나 역시 헛된 기대. 특보를 위해 사고 현장에 나가 있는 기자를 중계차로 연결하고, 사회부 야근 기자를 스튜디오에 출연시킨다고 했다. 방송 시간은 이제 10분 뒤! 하지만 사상자 수는 계속 바뀌고 사고 원인, 정황은 알려진 게 하나도 없었다.

지푸라기라도 잡는 심정으로 출연을 앞두고, 정신없는 사회부 야근 기자에게 다가갔다.

"저……. 출연 원고 같은 건 당연히 없지?"

"네. 이게 아까 제가 리포트로 만들 걸로 생각하고 기사

대충 적어둔 건데요."

"그, 그거라도 하나 뽑아줘!"

준비는 1퍼센트도 안 된 것 같은데, 스튜디오에서 빨리 안으로 들어오라고 날 찾으러 왔다. 허겁지겁 뛰어가니 스 태프가 황급히 인이어와 마이크를 달아줬다. 그리고 광주 나이트클럽 앞에 나가 있는 기자가 작성한 기사 한 장이 쥐어졌다.

손에 든 이 기사 한 장과 아까 야근 기자한테 빼앗아 온 취재 메모가 내가 가진 정보의 전부였다. 취재기자들이 새로 파악한 내용을 올리는 단톡방에 나도 포함시켜달라고 요청해 들어가 있고, 혹시나 몰라 휴대전화도 스튜디오에 들고 들어갔지만, 내가 그 내용을 새로 파악해 반영할 시간 은 사실 없었다.

바로 뉴스 특보 타이틀이 돌아가고, 나를 비추는 카메라 에 방송중임을 알리는 빨간불이 들어왔다.

그리고……

7분이란 시간이 흘렀고, 특보는 끝났고, 내 머릿속엔 다 른 기억은 하나도 없이 그저 '진짜. 망했다.'는 단어 두 개만 둥둥 떠다녔다.

한동안 현실을 외면하다 궁금증과 재발 방지를 위해선

보긴 봐야 할 것 같다는 책임감에 큰 용기를 내어 뉴스 특보 영상을 다시 봤다.

빠빠빰빠밤!

특보 뉴스 타이틀이 돌고 내가 나와서 인사를 하는데 인이어를 끼고 나서 머리를 정돈하지 않은 탓에 머리 한쪽만 산처럼 치솟아 있다. 시작도 전에 차림새부터 방송사고.

"여러분 안녕하십니까……. 뉴스 특봅니다."

(→머리 한쪽 엄청나게 삐침, 긴장한 눈은 장승처럼 부릅뜸)

"오늘 새벽 광주 치평동에 있는 한……."

(→크게 삑사리. 목소리 완전히 뒤집어짐)

"나이트클럽이 구, 구조밀(→'구조물'을 잘못 발음함)이 무너져 내리면서 한 명이 숨지고 열네 명이 다친 것으로 확인이 되고 있습니다. 먼저 취재기자와 지금까지 취재 상황 알아보겠습니다……. 얼마나 숨지고 다친 건가요?"

(→아니, 님이 이미 한 명이 숨지고 열네 명 다쳤다면서요? 그냥 피해상황 말해달라 하지.)

154

아, 난 역시 이 길은 아닌 건가…….

따로 부탁한 것도 아닌데, 인터넷 뉴스팀도 이날 특보는 사고 수준으로 파악했는지 이날 영상은 회사 홈페이지에 올라오지 않았고, 다행히 회사 내부 시스템에서만 확인할 수 있다.

혹시 모처럼 토요일 새벽 5시에 부지런히 일어나 TV를 켰는데 나이트클럽 사고 소식이 나오고, 그보다도 더 사고 같은 앵커의 모습에 놀란 시청자가 계시다면 이 자리를 빌려 진심으로 사과드립니다. 제가 외모는 연륜이 상당해 보이지만 특보 진행은 그때가 처음이었어요. 이런저런 이유로 바로 내일 앵커에서 잘려도 전혀 이상하지 않지만, 혹시 다시 특보를 진행할 일이 생긴다면 이번보다는 조금은 나아지지 않을까요? 그렇지 않겠냐며 스스로를 위로해봅니다. 훌쩍.

3

내겐
너무 멋진
언니들

와……
너무
멋있는 거
아니야?
난 또
여자에게
반해버렸다.

술 핑계,
아무 때나 대지 말 것

"기자와 아나운서의 차이점이 뭔지 알아?"

옆 자리 선배가 갑자기 물어봤다.

"글쎄요. 머리 크기? 미모? 발음? 배우자의 재력? 뭐 엄청 많을 것 같은데요."

"그건 말이지……. 아나운서는 결혼을 하면 기사에 나고, 기자는 결혼을 해도 기사에 안 난다는 거지."

'선배는 대체 왜 나한테 이 얘길 한 걸까?'

바로 잊을 법한 이 대화를 지금까지 기억하는 건, 바로 며칠 뒤에 S본부 기자 출신 앵커가 지하철에서 불법촬영을 하다가 경찰에 잡혔기 때문이다.

그때 생각했던 것이다.

"아…… 기자는 결혼을 할 땐 기사가 안 나와도 사고를 치면 기사가 나는구나."

그런데 지하철에서 불법촬영을 하다가 시민에게 걸렸고, 도망치다 경찰에 붙잡히기까지 했다는 이분은 S본부에서 워낙 점잖고 신망이 높은 선배로 알려졌던 터라 충격이 더 컸다. 그리고 기자들이 모이면 "도대체 왜 그랬을까?" 풀리지 않는 궁금증으로 대화가 이어지던 터에 누군가 지나가듯 말했다.

"술 때문이지."

과연 술 때문일까.

이런 화두로 어느덧 짧다고는 하기 힘든 내 인생에서 술에 대해 기나긴 회고가 시작되었으니…….

다섯 살에 입문한 술의 세계

내가 처음 술에 입문한 건 다섯 살 때였다고 한다. 난 기억이 잘 안 나지만 부모님이 그렇다고 하시니 그렇게 믿을 수밖에. 할아버지가 맥주를 한 모금 주셨고, 내가 얼굴이 빨개졌었다고, 부모님은 깔깔거리면서 즐거운 기억으로 떠올리시곤 한다.

다섯 살 때 한 번 술을 주시고 그다음에는 엄하게 금하셨던…… 게 아니고, 할아버지와 부모님은 그 뒤로도 계속해서 나에게 술을 주셨다. 반주를 좋아하시고, 약간의 취기가 오른 채 다 같이 수다 떠는 걸 즐기셨던 부모님은 나와 동생들이 어렸을 때부터 종종, 약간씩 술을 권하시곤 했다.

처음부터 내게 술은 음식의 한 종류이자 즐거운 대화와 일상의 촉매제 같은 거였고, 그렇게 부모님께 술을 배운 덕에 인생 초반부에는 술로 사고를 친 적이 없었다. 대학생 시절, 하도 수업을 빼먹고 잔디밭에서 술만 마셔대 "불량"이라는 별명으로 불릴 때도, 그저 술을 마시며 온갖 사람들을 만나고 세계의 불의에 맞서는 듯한 기분이 즐거웠을 뿐, 술자리가 끝나면 대부분 얌전히 집으로 돌아와 잠을 잤다. 비록 귀가 시간은 종종 새벽이나 아침이었을지언정.

술로 인해 괴로워지기 시작한 건, 기자가 되고 술이 '놀이'가 아닌 명백하게 '일'이 되면서부터다.

기자 시험엔 '술 마시기'가 있다

기자에 최종 합격할 때까지 보게 되는 시험은 열

가지가 족히 넘는다. 서류 시험으로 시작해서 상식과 논술, 작문, 거기에 방송기자라고 카메라 테스트까지 보고, 기사 쓰기, 1박 2일 합숙 면접에 중간 면접, 최종 면접까지……

지원자들을 시장에 내려놓고 갑자기 무엇이든 알아서 취재해서 기사를 쓰라고 한다는 둥 특히 1박 2일 합숙 면접에 대한 악명이 높았는데, 가장 당황스러웠던 건 단어 하나만 주고 바로 3분 동안 중계차를 타듯 기사를 읊어보라는 것과 저녁때 식사를 마치고 수험생들과 면접관들이 같이 술을 마시는 거였다.

아니, 술을 마시면서 뭘 테스트 하려는 거지……. 인간성? 주량? 난 긴장해서 술도 잘 들어가지 않는데, 내 바로 왼쪽에 앉아 있던 해병대인지 해군 장교 출신인지 하던 덩치 큰 수험생은 술을 벌컥벌컥 마시더니, 다들 멀쩡한데 혼자만 취했고, 결국 자리에서 일어나서 고래고래 고함을 지르기 시작했다. '아, 나중에 진짜 후회할 텐데'라고 생각했지만 이미 취한 사람을 어떻게 말릴 수도 없고……. 안타깝지만 예상 가능하게도, 다음 전형부터는 그의 모습을 찾아볼 수 없었다.

악으로 깡으로 술 마시기

기자가 되고 나니 왜 음주 시험(?)을 보는지 이해할 수 있을 것 같았다. 기자는 사람들을 많이 만나 예민하고 불편한 사실에 대해 계속 질문을 던져야 하는 직업이고 몰랐던 사람과 가장 빠르게 친해지는, 최소한 그런 착각을 주는 방법이 '술'이었던 것이다.

취재원들과의 술자리는 기자들이 마냥 편하게 즐길 수 있는 자리가 아니다. 예전엔 술로 뇌가 재세팅 되기 전에 취재 수첩을 술상 아래 두고 주요 발언을 슬쩍슬쩍 적어뒀고, 요즘은 카톡을 확인하는 척하며 '나와의 채팅' 기능으로, 또는 휴대전화 메모장에 기억을 저장해둔다. 회사 입장에서는 술을 마시면서도 술에 자신을 모두 내어주지 않고 이런 업무를 볼 수 있을지, 또 '기자' 명함을 가지고 사고를 쳐서 작게는 회사 망신에서 크게는 사회적 물의로까지 이어지지는 않을지, 가능하다면 미리 확인하고픈 것이다.

하여튼 난 기자가 되고 나서 취재를 위해서, 내지는 같은 팀 기자들과 친목을 다진다며 열심히 '일'로써 음주에 최선을 다하기 시작했고, 이런 '일'술은 주량을 가뿐히 넘어서 사고로 이어지기 시작했으니……. 보통 다음과 같은 것들이었다.

강남경찰서 기자실 골방 점거 사건

사회부 기자들은 새벽에 기자실에 나와 밤사이 사건 사고를 챙기고 기자실 한 편에 있는 골방에서 잠시 눈을 붙이곤 하는데, 하루는 기자들이 모두 그 방에 들어가지 못하고 의자에 앉아 졸고 있었다. 골방 안에는 대자로 뻗은 내가 엄청난 술 냄새를 피우며 방을 다 차지하고 코를 골고 있었다…….

가족 대망신 사건

취재원과 술을 진탕 마시고 나서 택시 타고 집 앞에 내렸는데……. 분명 잘 내렸다고 생각했는데……. 눈을 떠보니 영화의 한 장면처럼 내가 길바닥에 누워 있고 동네 주민들이 나를 동그랗게 둘러싸고 괜찮은지 내려다보고 있고……. 잠시 뒤에 이 소식을 듣고 아파트에서 뛰어나온 엄마가 동네 창피하다면서 등짝을 때리고, 질질 집으로 끌고 갔다는. 하여튼 난 잘 기억나지 않지만 이런 종류의 작은 사건 사고들이 반복됐다고…… 주로 다음 날 전해 듣곤 했다.

결혼서약 "주폭 청산" vs. "아침에 해장국을"

하지만 K와 나를 연결해준 것도 바로 이 술이었다! 출입처에서 다른 회사 기자가 된 대학 동기 녀석을 오랜만에 만나 "와! 반갑다" 인사했던 것이 "반가운데 술이나 한잔하자!"가 되고 "둘이 술 마시면 심심하니 니캉내캉 아는 사람들을 모아 뻑적지근하게 함 달려볼까!"로 발전했고, 그렇게 만들어진 술자리에서 K를 처음 만났던 것이다.

K는 나와 처음 술자리를 만든 그 기자 동기 녀석과는 친하지도 않은데 음식점에서 우연히 만나 술자리에 끌려왔고, 이 운명적인 술자리에서 거친 누나(바로 나!)의 매력에 빠져 곧 따로도 술을 마시고 다음 날에 해장국도 같이 먹는 사이가 되었으니…… 흠흠.

우여곡절 끝에 둘이 같이 살기로 하고 결혼식까지 올리게 됐는데, 주례 없이 진행된 결혼식에서 수십 년간의 합창단 경력을 자랑하는 엄마가 그 곱디고운 소프라노 목소리로 "우리 딸이 머리가 크지만~"으로 시작하는, 딸을 디스하는 축사를 한 것만큼 화제가 됐던 것이 신랑 신부의 '술'에 대한 언약이었다.

"이제 주폭 생활을 청산하겠습니다!"

나의 진지한 약속에 결혼식 참석차 캐나다에서 오신 시

댁 어르신은 "'주폭'이 뜻이 뭔가? 오늘 결혼식에서 처음 들었네⋯⋯. 허허" 하며 웃으셨다. 그리고 "신부를 위해 아침 해장국을 끓이겠습니다!" 했던 K의 약속은 순간 결혼식에 참석했던 모든 유부남들의 야유와 시부모님 친지 분들의 경악을 유발했던 것이다(시어머니 친구 분들은 요즘도 시어머니를 만나면 묘하게 웃으시면서 "그래서 아들은 며느님 해장국 잘 끓여 준대?"라고 물어보신다고 한다).

신성한 결혼의 언약이었지만 사람이 너무 갑자기 변하면 죽는다는 그럴듯한 얘기도 있고⋯⋯. 또 일을 열심히 하다 보면 어쩔 수 없는 상황도 생기기 마련이고⋯⋯. 이런저런 핑계로 나는 한동안 주폭 생활을 이어갔다. 신혼이던 어느 날, 술을 마시고 집으로 걸어오다 나도 모르게 휘청해 무릎이 옴팡 깨져 피가 철철 났는데, 무릎에 반창고를 붙여주는 K의 모습을 취중에 실눈으로 보고는 '아, 결혼하길 참 잘했다' 하며 잠들던 따뜻하고 아름다운 나날들이었다.

하지만 모든 걸 다 끌어안아주는 신혼의 뜨거운 사랑은 영원할 수 없는 걸까! 결혼을 잘했다고 흐뭇해했던 나와는 달리 K는 평소 그토록 신중한 자신이 왜 인생에서 중요한 순간에 그런 어처구니없는 결정을 내린 건지, "내가 얘가 더럽고 사고치는 거 미리 경고했다! 일단 결혼하면 무르는 건

166

절대 안 된다!" 하던 장인어른의 진심 어린 경고를 왜 지나 쳤던 것인지 깊은 회한에 잠기기 시작했다.

그리고 내가 집 문 앞까지는 잘 갔는데 미처 비밀번호가 생각나지 않아 잠시 그 앞바닥에 누워 쉬고 있었고, 속이 울 렁거렸는데 참지 못하고 토하고 말았던 그날, K는 전에 한 번도 보지 못했던 싸늘한 모습으로 나를 피하기 시작했고, '아, 계속 이렇게 살다간 진짜 마누라 잘리겠다'는 생각이 진심으로 들고 나서야 폭음과는 결별하게 됐다.

나의 의지와 역행해 전에 먹은 음식물을 이상 경로로 마 지막으로 내보낸 것도 한참 전, 그러니까 2년도 더 된 일이 다. 한참 변기통을 부여잡고 있다 고개를 들어보니 그즈음 걷기 시작했던 아가가 어느새 아장아장 화장실로 걸어와서 '저 주황색 물질은 무엇인가' 호기심 가득한 눈빛으로 구경 하는 걸 보고 "난 쓰레기인가, 엄마인가" 반성했던 것이다.

만나면 좋은 친구, 술은 무죄!

예전만큼 무식하게 술을 많이, 자주 마시던 사회 분위기가 이제는 좀 달라진 덕에, 그리고 집에 돌봐야 할 아 이가 있는 이유로, 확실히 예전만큼 술을 마시진 않게 됐다.

그런 만큼 술은 다시 '일'의 영역이 아닌 '즐거운 일상'의 영역으로 돌아오고 있다. 아이 재우기까지 하루의 모든 임무를 마치고 K와 마시는 맥주 한잔은 일상을 위로해주는 탄산수요, 극한 육아로 신경이 곤두선 상태에서 마시는 차가운 와인 한잔은 나를 다시 품 넓은 엄마로 만들어주는 고마운 묘약이다. 큰일을 마치고 동료들과 마시는 소맥 너덧 잔은 농촌에서의 막걸리와 비슷한 우리들의 '노동주'고, 반가운 이들, 보고팠던 이들과 나누는 술은 그저 수다를 거들 뿐 술이 아닌 채로 술술 들어간다.

그동안 술을 꽤 열심히, 많이도 마셨지만 내가 술로 피해를 끼친 건 가까운 가족들, 넓혀봐야 나 때문에 골방에 들어가서 자지 못한 다른 기자들 정도이다. 술 때문에, 술에 취했기 때문에 남을 해치는 행동을 하게 됐다는 건, 고마운 술에게 자신의 책임을 미루는 무책임한 핑계일 뿐이다. 특히 기자들은 술 마시는 시험을 보고 수습기자 시절, 음주 방법을 교육할 정도로 자기를 통제하는 법을 중요하게 생각하기 때문에 더더욱 그렇다. 그러니 술 핑계 대지 말자!

앵커 멘트,
제대로 하려면 끝이 없지

　　방송 하루 전날, 그러니까 금요일 저녁 무렵 갑자기 분장팀에서 연락이 왔다.

　"기자님, 내일 특보한다던데, 분장하러 몇 시에 오실 건가요?"

　"네? 특보욧?!"

　금시초문이었다. 때 아닌 가을 태풍 소식이 계속 뉴스에 보이더니만 급기야 내일 새벽에 특보를 하는 것인가?! 지난 특보의 악몽이 떠오르며 순간 식은땀이 흘렀다. 그때 받은 상처가 아물기도 전에 또 이렇게 특보를 할 수는 없는데! 난 아직 마음의 준비가 안 되어 있는데! 하지만 궁지에 몰리니 또 재빨리 살 방법도 생각났다.

'지난 특보는 내가 혼자 했었지?! 그렇다면 인지상정 사필귀정 정의실현! 이번엔 J의 차례가 아니던가!'

치밀한 사전 작업을 위해 바로 J에게 연락을 했다.

"J, 내일 태풍 특보가 있다네요. 지난 특보를 내가 하기도 했고, 또 J가 특보를 하고 싶어하기도 했었고……. 이런저런 모든 이유를 잘 생각해봤을 때 내일 특보는 J가 하는 게 좋을 것 같은데, 내일 특보 고고싱, 오케이?"

한참 뒤에 답이 왔다.

"네……."

"예스! 되었어!"

나의 재빠른 대처에 스스로 기특해하며 만면에 웃음을 띠고 이번엔 말뚝을 박으려고 아침 뉴스 피디 선배에게 연락을 했다.

"선배! 내일 특보는 J가 하기로 했습니다!"

"아, 내가 막 연락하던 참인데. 내일 특보는 한 시간 내내 해서 둘 다 필요해."

"아……악!"

태풍특보, 기자 본능과 앵커 본능의 대충돌

나의 스승, 프로 앵커님 Z는 날씨 특보는 별것 아니라고 얘기했다.

"비가 많이 오는, 또는 올 예정인 지역에 기자들이 나가 있고 앵커는 자연스럽게 스튜디오랑 현장을 연결만 해주면 되는 거야. 기상 상황은 현장 기자들이 파악해서 기사를 쓰는 거고, 앵커가 스튜디오에서 진행하는 건 평소와 별로 다를 게 없어."

하지만 스승님의 따뜻한 조언에도 불구하고 난 '날씨'란 얘기를 듣는 순간, 이미 극초조 모드에 돌입했다.

짧은 기간 과학 뉴스를 담당하는 부서에서 일하면서 몇 번 날씨 기사를 써봤던 기억 때문이었다. 매일매일 앱이나 인터넷으로 일기예보를 보고, 예보가 틀리는 날엔 어쩜 우리나라 기상청은 이렇게 날씨 한 번을 제대로 못 맞히나, 직원들과 슈퍼컴퓨터는 도대체 하는 게 뭐람 욕하기는 쉬워도, 날씨란 게 참으로 신출귀몰하고 이랬다저랬다 하여, 기사 쓰기가 참 어려웠던 기억이 남아 있었던 것이다.

그중에서도 특히 까다로운 게 태풍이라, 요 녀석이 적도 근처에서 만들어져서 우리나라에 도착할 때까지 바다의 수온이 높아 힘을 받아 강해질지 아니면 반대로 약해질지, 우리나라에 상륙할지 그전에 소멸할지, 경로는 예상대로 갈지, 아니면 휘어져서 다른 지역에 영향을 끼칠지, 수많은 변수가 있었고 기상청 분석과 예상도, 또 그에 따라 기사도 시시각각 바뀌기 마련이었다.

태풍 예보를 준비할 때, 기자로서 나의 임무는 마지막 순간까지 상세 기상 정보를 확인하고 기상청 예보관과 통화를 하면서 지금 태풍은 어디까지 왔고, 강도와 풍속, 강우량은 어떤지, 예상 경로는 바뀐 게 있는지 없는지, 그렇다면 서울에는 언제쯤 도달하는지 등등을 끝까지 파악해서 기사를 정확하게 쓰는 거였다.

그런데 앵커로서 스튜디오 안에서 "제주도 연결합니다. 바람이 많이 부는 것 같네요." "이번엔 광주로 가보겠습니다. 거긴 지금 어떤가요?"라고 말하고 있자니 이것은 '제주 찍고, 광주 찍고, 대구 찍고, 돌리고 돌리고~'도 아니고 내가 아는 정보도 너무 없는 것 같고, 맥락도 제대로 알리지 못하는 것 같고, 태풍이 한 시간 전에는 오후 3시쯤 서울에 이른다고 했는데 그 사이 30분이 당겨진 건 아닌지, 취재기자가 확인은 제대로 했는지 등등이 너무 불안하고 초조하고……. 안절부절 끙끙거리다 나도 모르게 직접 기상청에 전화를 걸어 궁금한 것들을 물어보고 있었으니…….

어휴……. 일단 현장 기자를 믿어야 하거늘! 역시 앵커 되려면 한참 멀었구나! 하는 깨달음이 뒤따랐다.

태풍 특보 한 시간…… 그럼 다른 기사들은?!

특보를 한 시간 동안 진행한다는 건, 특보에 이어 바로 정규 뉴스 프로그램이 이어지고, 다른 뉴스를 준비할 시간이 따로 없다는 뜻이기도 했다.

아침 뉴스 가운데 어떤 뉴스를 전달할지 내용을 고르고 순서를 정하는 건 뉴스 피디들의 몫이다. 앵커들이 하는 일은 사실 기자들이 만든 리포트를 소개하는 앵커 멘트 두 문장, 길어야 세 문장을 고치는 일이 전부인 것이다.

기자들이 이미 작성해둔 앵커 멘트를 그저 내 말투에 맞게, 어려운 표현만 쉽게 바꾼다고 생각하면 일은 쉽다. 예를 들어 '검찰이 기소했습니다'라는 말을 '재판에 넘겼습니다'라고 설명한다든지, 교통사고에서 '추돌했습니다'를 '들이받았습니다'로 변경하는 일 정도로 생각하면 모든 일은 30분이면 충분할 것이다. 하지만 이 앵커 멘트 두 문장을 고치는 일도 제대로 하려고 욕심내기 시작하면 끝이 없나니…….

173

앵커 멘트를 고치기에 앞서 전체 기사를 읽어보는데 뭔가 이상하다. 사회부에 갓 입사한 기자가 밤사이 벌어진 사건 사고들을 정리한 거였는데, 교통사고로 인한 부상자가 본 기사에는 두 명인데, 앵커 멘트에는 한 명으로 써 있었다. 바로 사회부로 전화를 걸었다.

"이거 기사랑 앵커 멘트랑 부상자 수가 다른데?"

"앗, 확인해보겠습니다."

다시 소방서에 전화를 걸어 확인해보니 두 명이 맞다고 했다.

"밤새워 일하느라 고생이 많구나⋯⋯. 다음부터 실수 안 하게 신경 쓰렴"이라고 말해줄 수도 있었겠지만,

"어쭈구리! 정신 안 차려?! 똑바로 해라잉! 담에 또 나한테 걸리면 콱! #$GW!"

입은 웃고 있지만 내용은 협박인 대화로 통화를 마무리했다. '아무리 간단한 사건 사고 기사여도, 끝까지 긴장을 늦추면 안 되지!' 하는 나의 이 주체할 수 없는 꼰대 정신.

둘. **부실한 내용 채우기**

나 또한 종종 그랬지만 기자들은 리포트를 완성하는 데 집중하고, 앵커 멘트 부분은 앵커가 '알아서 잘 고치겠지' 하는 마음으로 대충 쓰고 넘기는 경우가 많다. 그런데 이 앵커 멘트의 내용이 부실할 경우, 그 새로운 사실을 하나하나씩 확인해 충실하게 만들려면 필요한 시간이 한없이 늘어나게 된다(앵커님들, 그동안 죄송했습니다. 저 요즘엔 최대한 안 그러려고 노력해요).

"여야가 국회에서 공방을 벌였습니다"로 끝나기보다는 "여야는 〈조국 법무부 장관 후보자 임명을 두고〉 공방을 벌였습니다"라고 구체적인 공방의 대상을 써주는 게 좋고, 또 이보다는 "〈조국 법무부 장관 후보자 임명을 두고〉 〈사수하려는 여당〉과 〈낙마시키려는 야당이〉 공방을 이어갔습니다"라고 각 당의 입장을 반영하는 게 보다 친절한 앵커 멘트일 것이다. 그런데 평소 취재하는 정치 뉴스야 내가 바로바로 맥락을 이해하고 앵커 멘트를 고칠 수 있지만, 잘 모르는 분야에서 공백을 메꾸려면 초치기 벼락공부를 해야 하는 것이다.

예를 들어, 미중 무역 갈등이 계속되는 상황에서 미국이 중국에 관세를 더 높인다는 기사를 보고 정확한 맥락을 짚어 전달하겠다는 생각에 '아니 전에도 관세를 높였는데, 기존에 올린 건 이미 실행되고 또 올리는 건가? 아니면 실행되기도 전인데 더 올린다고 공표한 건가?' 스스로 정보를 찾아보기 시작하면 순식간에 시간을 훅 빨아들이는 개미지옥에 빠진다.

셋. **가치 판단**

사실 관계는 맞더라도 고심 끝에 앵커 멘트를 바꾸게 되는 경우도 종종 벌어진다.

"우즈베키스탄 국적의 40대 외국인 노동자가 동료 외국인 노동자 2명을 살해했습니다. 국적이 다른 이들이 함께 살다가 갈등이 생긴 걸로 보입니다."

일단 살해를 저지른 외국인 노동자의 국적을 앵커 멘트에서 굳이 밝힐 필요가 없어 보인다. 이번에 벌어진, 또는 최근 있었던 외국인 노동자 관련 사건들에 특별히 중요한 맥락이 있는 정보도 아닌데 우즈베키스탄에 대한 부당한 선입견만 줄 수 있지 않을까…….

그리고 국적이 다른 이들이 함께 살다가 갈등이 생겼다? 아니, 나라가 다른 이들끼리 사이좋게 잘 지내는 경우도 많은데? 혹시 이 앵커 멘트를 뒷받침할 만한 목격자나 가해자 진술이라든가 경찰 조사 결과가 있나 찾아봤지만 기사 안에도, 다른 기사들에도 그런 얘기는 없다.

결국 이 기사의 앵커 멘트는 "강원도 원주에서 40대 외국인 노동자가 함께 살던 동료 두 명을 살해했습니다. 경찰은 일을 마치고 집에서 함께 식사를 하다 다툼이 벌어진 것으로 보고 정확한 사건 경위를 파악하고 있습니다"라는 다소 밋밋하지만, 내가 봤을 때 우려스러운 부분은 빼고 방송에 나갔다.

이밖에도 "치료받은 야생 부엉이가 고마움을 표시하듯 한 번 뒤를 돌아보고 자연으로 돌아갔습니다" 같은 지나치게 귀여운 앵커 멘트를 건조하게 고치려면 평소에도 시간은 늘 턱없이 부족하다. 하지만 이날은 특보가 끝나고 일반 뉴스를 다룬 앵커 멘트는 거의 볼 시간도 없이, 앵커 멘트와 앵커 멘트 사이의 1분 남짓한 시간에 정말 이상한 말들만 최소한으로 손보면서, 정신없이 뉴스를 진행했다.

주름살은 괜찮아요

그런데, 내가 새벽에 출근해서 평소의 만 배에 달

하는 집중력을 발휘해 최선을 다해 앵커 멘트를 고친다고 과연 시청자들은 이 사실을 알까? 앵커 멘트에 우즈베키스탄 노동자라고 하든, 외국인 노동자라고 하든 그게 뉴스를 보는 사람 입장에선 얼마나 중요한 일일까?

앵커는 잘못하면 그저 교체될 뿐, 그 누구도 솔직하고 친절한 평가를 해주지 않는다던데, 유일한 열혈 시청자이자 모니터링 요원인 양가 부모님들한테 받은 지적은 모두 외모, 특히 내 이마의 주름살에 대한 거였다.

편하게 설명하듯 뉴스를 진행하자는 생각에 자연스러운 표정을 지어 보겠다면서 눈썹과 이마를 움찔거리며 말을 하게 됐고, 그 뒤로 말을 할 때마다 이마 한가운데 선명한 주름살이 생겼다 없어졌다 하는 일이 벌어지게 된 거였다.

주름살 얘기를 들을 때마다 '아고, 40대라 이마에 주름살이 생긴 걸 어째요……. 애 낳고는 흰머리도 많아졌는걸요……'라고 생각하다가도, 기사보다 외모가 먼저 보이는 현실이 씁쓸하다가도, 이것은 이미지가 중요한, 신문기자가 아닌 방송기자로서 숙명인가 싶다가도.

하지만 좋은 건 부모님이 이마의 주름살에 집중하시다 보니 다른 실수는 잘 보지 못하신다는 점! 한미 '동맹'을 한미 '동생'이라고 잘못 얘기하고, '어째 이런 실수를! 다신 틀리지 말아야지! 한미동생 절대 안 돼! 기억하자 한미동맹! 한미동맹!' 과도하게 집착한 나머지 또다시 바로 한미 '동생'으로 말하고 나서, '난 대체 왜 이러나! 확 죽어버릴까!' 머리를 쥐어뜯으며 괴로워했던 그날, 부모님은 '한미동생'은 듣지도 못하시고 오늘은 주름살이 안 보였다며 좋아하셨던 것이다.

남성과 여성은
같은 세상에 사는 걸까

나의 인생에서 '술'을 생각하면 입가에 잔잔한 웃음이 떠오르지만, '성(性)'의 경우에는 미간이 확 찌그러지는 경우가 훨씬 많았으니…….

이런 '아저씨'

초등학교 1학년 혹은 2학년 때였을 것이다. 한 아파트 단지에 사는 친구와 수다를 떨며 등교하던 즐겁고 상쾌한 아침이었는데, 집과 학교의 딱 중간에 있는 어린이집 건물 모퉁이를 돌았을 때 갑자기 웬 아저씨가 우리 앞으로 성큼 다가왔다.

"아저씨, 고추 크지?"

"……. 꺄아아아악!"

저 아저씨는 왜 바지에 팬티까지 다 내리고 있는 건지, 우리한테 도대체 뭐라고 하는 건지, 나, 그리고 나처럼 꼬마 여자애였던 내 친구는 미처 이해할 틈도 없이 공포에 질려 비명을 지르며 그 자리에서 도망쳤다. 그 남자의 얼굴과 옷차림은 잘 생각나지 않지만 시큼하고 토할 것 같았던 그날의 냄새만큼은 20년도 훨씬 더 지난 지금까지 또렷하다.

이 사건은 그저 시작일 뿐이었다.

몇 년이 더 지나, 그래 봤자 이제 초등학교 고학년이 되어, 엄마와 동생과 함께 만원 지하철을 타고 어디론가 가고 있을 때였다. 20대 중반 정도로 보이는 남자가 사람들 사이를 비집고 내가 서 있는 쪽으로 오더니 바로 뒤에 멈춰 섰다. 그러곤 곧 내 엉덩이에서 낯선 손이 느껴졌다. 한참을 어쩔 줄 몰라 하던 내가 옆에 있던 엄마 손을 꼭 잡으며 기어들어가는 목소리로 "엄마……" 하고 부른 뒤에야 그 손은 나에게서 떨어졌다. 고개를 돌려 다른 칸으로 걸어가던 그 남자를 바라보니, 그 남자도 나를 응시하고 있었다.

여자들은 밤에 술 마시고 다니지 마라?

"밤은 위험하고 술 마신 남자는 특히 더 위험하니, 여자들은 밤에 술 마시고 나다니지 마라"며 이런 상황에 대처하는 나름의 해법을 제시하는 사람들이 자주 있다. 하지만 뭘 몰라도 한참 모르는 얘기다.

초등학생이었을 때 내가 무슨 술을 마신 상태라서 그런 일을 당했나? 그리고 너무 흔해서 여자 친구들 사이에서는 공통의 기억이 되어버린 이른바 바바리맨들과의 만남을 빼고, 또 불쾌한 수많은 술자리들은 빼고, 진심으로 내가 위험에 처했다는 공포에 휩싸인 적이 두 번 정도 있었는데, 한 번은 아침 7시, 다른 한 번은 저녁 6시쯤이었다.

대학생 때 시험이 있었는지 밀린 숙제가 있었는지 평소와 달리 아침 7시에 집을 나서 학교로 가고 있었다. 아직 본격적인 출근시간 전이다 보니 다른 이들이 거의 보이지 않았는데, 아파트 단지를 벗어나 대로변으로 나왔을 때 눈이 풀린 한 남자가 맞은편에서 내 쪽으로 비틀비틀 걸어오고 있었다. 본능적으로 위험 신호가 온몸으로 감지됐다. 그 초점 없는 멍한 눈은 최소한 술에, 심하면 약에 취한 걸로 보였고 나는 비상시에 도움을 청할 수 있을지 재빨리 주변을 둘러봤지만 아무도 보이지 않았다. 심장이 요동치기 시작했고 나도 모르게 달리기 시작했다. 지하철에 타고 한참이 지나서도 가슴은 진정되지 않았다.

그다음은 집 근처 마트에 뭔가를 사러 다녀오던 평화로운 어느 오후였다. 때마침 석양으로 붉어지던 하늘을 바라보며 그 아름다움에 감탄하고 있는데 문득 옆에서 이상한 소리가 느껴졌다. 내가 걷던 길은 초등학교 담장을 따라 이어진 예쁘고 작은 길이었는데, 덩굴에 가려진 담장 반대편, 그러니까 학교 안쪽에서 누군가 나의 발걸음에 맞춰 걷고 있었던 것이다. 내가 천천히 걸으면 그 사람도 천천히 걸었고, 빨리 가면 그 걸음도 빨라졌다. 담장과 덩굴에 가려 잘 보이지 않을 뿐, 거리상 1미터도 떨어지지 않은 바로 옆이었다. 위험 신호였다. 게다가 그 초등학교를 졸업했던 나는 곧 담장은 끝나고 학교로 들어가는 조그만 문이 나타난다는 걸 알고 있었다. 난 또 달리기 시작했다. 담장 너머 발걸음도 더 빨라졌고 추격전이 시작됐다. 사냥당하는 먹잇감처럼 공포에 질린 채 사력을 다해 달렸지만, 곧 그의 발걸음이 날 앞서기 시작한 게 느껴졌다. 순간 '이제 어떻게 되는 거지?'라고 생각했던 것 같다.

"철컹!"

천만다행으로 두 길 사이를 연결하는 조그만 철문은 잠

겨 있었다.

그리고 검은색 정장 바지에 하얀 셔츠를 입은, 너무나 평범한 회사원처럼 보이는 한 남자가 그 철문을 두 손으로 부여잡고 흔들고 있었다. 그는 분해 죽겠다는 듯 희번덕거리는 눈으로 나를 노려보며 소리를 질렀다.

"너랑 섹스하고 싶어!"

그 모습을 뒤로하고 난 계속해서 달렸다. 저 멀리서 조그맣게 보이기 시작하는, 평화롭게 오후 산책을 즐기는 동네 주민들의 모습이 너무나 비현실적으로 느껴졌다.

그러니까 한마디로 요약하자면 이런 놈들은 언제 어디서든 만날 수 있는 것이다. 아침이든 점심이든 저녁이든.

기자가 되고는 나아졌을까?

내가 '사회생활'을 처음으로 시작했던, 좀 더 작은 규모의 언론사였던 첫 직장에서 20대 중반에 겪은 일이다. 선배들 말을 거역하는 건 상상도 할 수 없었던 수습기자 시절, 한 선배가 나와 동기들에게 술을 사주겠다며 저녁 자리에 불러냈다.

그 선배가 "기자는 모든 것을 경험해야 한다"며 데려간

곳은 강남의 한 룸살롱, 그것도 여성이 술을 따라주고 말상 대를 해주는 정도를 넘어, 일대일로 파트너를 정하고 강도 높은 성적 접촉까지 이어지는 곳이었다.

그 선배라는 작자는 술값을 대신 낼 변호사를 데려왔고, 유일하게 여자였던 나에게 이날 나의 파트너는 그 변호사라고 하더니, 남자 동기들 옆에는 룸살롱에서 일하는 여성들을 한 명씩 앉혔다. 그러고 술을 매우 빨리 많이 돌렸고, 변호사였는지 선배였는지가 그 여성들에게 내 남자 동기들 무릎 위에 앉으라고 시켰고, 곧 그녀들이 윗옷을 벗게 만들었고, 내 동기들에게 여성들의 가슴에 입맞춤을 하라고 강요했다.

그날의 기억은 부분 부분만 남아 있지만, 이 모든 상황에 너무 충격을 받은 내가 도중에 방에서 나와서 어디선가 엉엉 울었던 것과 그런 상황을 나만큼이나 괴로워했던 내 동기들, 그리고 내가 그 자리에 같이 있다는 걸 불편해하며 억지로 상의를 벗던 여성들의 표정은 아직도 생각난다.

언론계 안팎에서 그동안 벌어졌던 일들을 생각하면 S본부 앵커의 불법촬영 사건은 그나마 얌전한 축에 속할 정도이다. 훔친 회사 카드로 안마방에서 결제했다 걸리고 성매매를 하다 현장 단속을 하던 경찰에 적발되고, 약자들—그러니까 여자 후배, 계약직 여성, 홍보팀 여직원 등—에게 성폭력을 저지르고……. 언론계도 그저 우리 사회의 축소판일 뿐 더 큰 기대를 하기 어렵다는 걸 진작에 깨달았다.

기사를 쓸 수 있다는 나름의 권력을 가지고 취재원을 만나도 종종 '여성' 기자임을 자각하게 되는 불편한 상황이 생기고, 여기에 여성 방송 출연자들과 얘기를 나누다 보면 별별 희한한 얘기까지 추가로 듣게 된다. 모르는 사람이 자신을 생각하며 입으라며 야한 속옷을 선물이라고 보내고, 심지어 자신의 체모를 정성스럽게 테이프로 붙여서 보냈다는 얘기까지 들어본 적이 있다.

얘기가 이쯤 진행됐을 때 "너도 좀 당했네? 나는 말이야……" 하고 대화가 이어지면 여자고, "진짜야?!" 하고 놀라면 남자다. 다 그런 건 아니겠지만 내 경험상 어긋나는 경우는 거의 없었다.

한 공간에 있지만, 과연 남성과 여성은 같은 세상에 살고 있는 걸까? 안희정 전 충남 도지사의 성폭력 사건을 보면서 "애인이 나중에 변심해서 날 공격하면 어떡하지?"라고 걱정하는 남성과 불법촬영에 대한 공포와 분노로 "유죄무죄 무죄유죄"라고 외치며 거리로 나온 수많은 여성들의 삶에는 얼마나 공통분모가 있는 걸까?

유죄는 그러니까 술이 아니라 성폭력이 만연한 우리 사회이자, 그런 분위기에 편승해 성폭력을 저지르는 이들이다. 강력한 처벌이 모든 걸 해결해준다고 생각하지는 않지만, 만약 성폭력을 저질렀을 때 본인은 궁형에 처하고 사회에서 도저히 상종 못할 인간으로 영영 사회에서 격리시키면서 한여름에 나미비아 데드블라이의 강렬한 햇볕을 하루 종일 쬐게 한다면……. 그래도 감히 성폭력을 저지를 수 있을까?

살인, 아니
시신의 기억

　　자신을 '살인사건 전문 형사'라고 소개하는 그를 만난 날이, 하필이면 〈살인의 추억〉으로 유명한 화성 연쇄 살인 사건의 범인이 확인됐다고 보도된 바로 그날이었다. 해산물 집에서 소맥을 한 잔, 두 잔 들이켤수록 그의 눈에선 점점 살기가 돌았다.

　"진짜 너무 잡고 싶었어요, 모든 형사들이 그랬겠지만⋯⋯."

　마지막 두 건을 빼고 화성 연쇄살인 사건을 철저히 분석해봤다는 그는, 자신에게 처음 이 사건을 가르쳐줬던 교관은 너무나 범인을 잡고 싶었던 나머지 은퇴한 뒤에 범죄 심령술사가 됐다고 했다. 혹시 원혼들한테라도 무슨 얘기를 들을 수 있기를 바랄 정도로, 미칠 듯 간절했던 마음이 느껴졌다.

아직 정확한 정황이 알려지기 전이라, 우리의 수다는 곧 그가 직접 범인을 잡았던 다른 살인사건 얘기로 이어졌다.

"그 사건은 저로서도 참 신기하고 묘한 경험이었어요…….지숙(가명)씨라는 처자가 있었죠."

오래전 어느 날, 한 할아버지가 늘 오가던 산기슭에 포대 자루 하나가 놓여 있는 걸 봤다고 했다. 별생각 없이 지나쳤는데, 그날 밤부터 꿈에서 웬 아가씨가 슬픈 모습으로 나타나기 시작했다. 그런 꿈이 며칠 이어지다 보니 할아버지는 아무래도 그 포대 자루가 마음에 걸렸다. 그래서 그 자리로 돌아가 자루를 열어봤더니, 사람 머리카락 한 움큼이 보였고, 화들짝 놀란 할아버지가 경찰서에 전화를 걸었는데, 당시 그 지역에서 형사 과장을 맡고 있던 사람이 바로 이 형사였던 것이었다.

"현장에 갔더니 죽은 지 며칠이 지났고 그 사이에 비도 왔는데, 시신이 부패가 하나도 안 됐더라고요. 이제 숨진 지숙 씨 가족한테 연락을 해야 하는데……. 형사들이 가장 하기 싫어하는 게 바로 피해자 가족들한테 연락하는 거거든요.

결국 제가 직접 어머니한테 전화를 걸었어요. 그런데 전화를 받자마자 그 어머니가 '우리 애한테 무슨 일 생겼죠?' 하는 거예요."

억울하게 살해당한 이 20대 여성은 그동안 할아버지뿐 아니라 어머니 꿈에도 계속 나타나고 있었다. 딸이 연락은 안 되고 슬픈 표정으로 계속 꿈에 나타나는 걸 보면서 어머니는 안 좋은 일이 벌어졌음을 직감했다는 것이다.

"진짜 힘들게 범인을 잡았어요. 지숙씨 남자 친구가 범인이었는데, 군대 간 상황에서 다른 여자와 바람을 피웠고, 그 사실을 알게 된 지숙씨가 화가 나서 '나, 임신했다'라고 말하자, 죽인 거였죠. 땅에 묻어버리기 전에 잠시 시신을 거기에 둔 거였는데, 그 할아버지가 그때 발견 못했으면 아마 평생 못 찾았을 거예요."

수사가 막다른 골목에 닿을 때마다 가까스로 고비를 넘길 수 있었고, 그때마다 살해된 여성, 지숙씨가 도와주는 것 같았다고 그 형사는 말했다.

"살해당한 시신을 부검할 때마다 꼭 옆에서 그 모습을 봤습니다. 다른 형사들한테도 그렇게 하라고 시키고요. 우리라도 시신이 호소하는 그 억울한 얘기를 직접 보고 들어줘야 하는 거 아니겠습니까."

그와 헤어지고 돌아오니, 내가 그동안 마주했던 죽음들, 그리고 그 죽음을 통해 알게 된 여러 이야기들이 떠올랐다.

시신의 현장

가까운 가족이 아닌 낯선 이의 시신을 처음 본 건 기자들 대다수가 그렇듯, 국립과학수사원의 부검실에서였다. 언제부터였는지, 언론사를 불문하고 수습기자 교육 기간에 국과수에서 시신을 부검하는 모습을 견학하고 다 같이 내장탕 집에 가서 밥을 먹는 고약한 문화가 생겼는데, "별거 아니지?"라고 호기를 부리며 앞으로 사회부에서 경험하게 될 온갖 험한 상황에 대비해 미리 마음을 다지고, 또 "살해당한 시신은 어쩌고저쩌고"하며 나름 지식도 공유하는 자리였다. 나도 바로 그 수습기자 현장 견학에서 사망자의 모습을, 좀 더 구체적으로는 사람 몸의 내부를 자세히 볼 기회가 생긴 거였다.

영혼이 빠져나간 사람의 몸을 바라본 경험은, 시신과 나 사이의 두꺼운 유리벽을 통과해 나를 덮쳤던 독한 소독약 냄새만큼이나 뇌리에 깊게 박혔다. '사람'이란 존재를 그렇게 '물질'로 대상화해서 바라본 적이 한 번도 없었는데, 부검을 보다 보니 '아, 인간의 몸의 단면은 여러 층이구나, 지방층이 저렇게 두껍다니 충격적이다. 내 지방층은 30센티미터는 족히 넘겠는데? 사람 몸이 진짜 잘 썩는구나……. 며칠 만에 저렇게 몸이 부패하고 마치 찌개에서 국물을 떠내듯 사람 몸에서 저렇게 국자 같은 도구로 체액을 분리해내다니……'라는 생각이 절로 들었던 것이다. 그날 본 모든 광경 중에 가장 충격적이었던 건, 숨진 아기의 모습이었다. 너무 하얗고 고와서 처음엔 작은 아기 인형인 줄 알았는데, 실제로 태어난 지 얼마 안 되어 죽은 아기라고 했다. 그 아기의 몸을 부검하는 모습은 차마 볼 수 없어 고개를 돌렸다.

돌이켜보면, 그때 국과수 부검을 미리 봐둔 건 정말 잘한 일이었다. 사회부 기자가 되어 현장에서 직접 마주치게 되는 죽음은 유리벽을 두고 바라보던 부검실의 시신과는 또 차원이 달랐다.

갓 입사한 사회부 수습기자 시절, 내가 담당하던 강남 지역, 정확히는 신천의 한 고시원에서 불이 났다. 매 순간 벌어지는 사건 사고를 최대한 빨리 파악하려고 한 시간마다 소방서로, 경찰서로 전화를 돌리던 때였다. 바로 현장으로 뛰어가서, 밤늦게까지 잠시도 쉬지 못하고 정신없이 취재했다. 화재 현장 바로 앞에 설치된 상황판에서 늘어나는 사망자, 부상자 수를 확인해 시시각각 보고하고, 사상자들이 어느 병원으로 갔는지, 부상자 상태는 어떤지 파악하고, 평소 알던 형사들에게 전화를 걸고, 현장을 오가는 수사관들을 하나하나 붙잡아 화재 원인은 좀 나온 게 있는지, 지금 사고 때문에 경찰서에서 부르거나 조사 중인 사람은 있는지 물어봤다.

그렇게 정신없이 이날의 뉴스를 마감하고 집에 돌아가 자리에 눕자, 비로소 불이 난 고시원에서 실려 나오던 이들의 모습이 하나하나 선명하게 떠오르기 시작했다. 화재 현장을 뒤덮었던 그 매캐하고 역한 탄내에다 온몸과 얼굴이 온통 재를 뒤집어쓴 것처럼 까맣게 된, 이미 이 세상 사람이 아님이 확실해진 고시원 주민들의 모습……. 방들이 다닥다닥 붙어 있고 잘 타는 자재로 칸막이를 대충 만들어놓은 데다가 안전장비는 없다시피 해서 불만 났다 하면 대형사고인, 늘 문제라면서도 항상 반복되는, 악명 높은 그 '고시원 화재'. 이날 사망자만 여덟 명이나 됐고, 난 몸은 극도로 피곤했는데도 아침이 되도록 거의 잠들지 못했다.

어쩌다 보니 나는 기자 치고서도 죽음을 직접 목격한 일이 많았다. 월급이 밀려 화가 난 직원이 사장을 죽여 암매장한 현장에서 시신을 꺼내는 모습을 지켜보기도 했고, 동일

본 대지진 땐 사망자가 너무 많아서, 구급대원들이 미처 수습할 엄두도 내지 못하고, 시신이 있는 곳에 노란 리본만 달고 다니는 것을, 나도 같이 바라만 보고 있었다. 때때로 저 깊은 곳 땅이 여전히 성난 채 움직이고 있다는 걸 느끼면서, '나도 여기서 죽을 수 있겠구나' 하는 공포가 엄습했던, 죽음과 나의 경계가 희미해졌던 시간······.

처음엔 '죽음' 자체가 보기 힘들었지만 나중엔 '죽음'을 둘러싼 피해자들의 사연, 그리고 남겨진 주변인들의 고통이 더 크고 아프게 다가오기 시작했다.

세상에서 가장 힘든 취재

사회부 야근을 하며 밤새 벌어진 사건 사고를 챙기고 있던 어느 날, 교통사고 제보가 들어와 현장으로 바로 나갔다. 도착해보니 내가 본 그 어떤 교통사고 현장보다 끔찍한 모습이 펼쳐져 있었다. 브레이크가 고장 난 버스가 전속력으로 달려 소형 승용차를 완전히 덮쳤고, 그 상태로 몇백 미터를 더 달렸다. 사고 현장 주변에는 이미 시신 일부가 여기저기 흩어져 있었다.

대형 크레인을 가져와서 그 버스를 들어낸 뒤에야 구조

작업을 시작할 수 있었다. 말이 구조작업이지, 이미 일말의 희망도 기대하기 힘들었다. 느닷없는 참변을 당한 소형 승용차 안에는 일이 끝나고 모처럼 저녁 식사를 함께했던 이 동네 교사들이 타고 있었다. 사는 곳도 비슷한 동네라 집까지 태워준다며 비좁게 끼어 탔던 탓에, 4인용 차인데 시신은 그 수를 넘어 계속해서 나왔다.

버스를 들어 올리는 데만 한참 걸렸고, 그러는 사이 사망자 가족이 현장에 도착하기 시작했다. 여기저기서 절규와 흐느낌이 터져 나오기 시작했다. 그저 사고 수습 현장을 바라볼 뿐, 할 수 있는 일이 하나도 없다는 게 더 절망적이었다.

사고 원인을 취재하러 경찰서로 자리를 옮기자, 거기선 경찰들이 아직 사고 소식을 듣지 못한 피해자 가족들에게 차례차례 전화를 걸고 있었다. 연락을 받은 가족들은 말 그대로 혼이 나간 모습으로, 경찰서로 하나둘씩 뛰어 들어왔다. 아버지가 일찍 돌아가시고 어머니와 둘이 살고 있었다는 한 20대 딸은 어머니 물건을 확인하고는 그 자리에서 무너져 내렸다. 그 모습을 보면서 아침 뉴스를 위해 어머니가 어떤 분이셨는지 따위를 물어볼 엄두는 나지 않았다. 나도 모르게 흐느끼는 그녀를 안고 다독이고 있었다.

형사들이 직접 수사한 피해자들을 잊지 못하듯, 기자들도 그렇게 취재한 죽음과 사연은 잊을 수 없다. 형사들이 피해자 가족에게 죽음을 알리는 걸 가장 싫어하는 것처럼, 기자들도 빈소 취재, 그러니까 유가족들을 만나서 뭔가를 물어봐야 하는 상황을 가장 힘들어한다.

김용균 씨의 사고처럼 사회적 타살에 가까운, 모두 힘을 합쳐 막아야 할 죽음들이 있고, 고독사와 탈북 모자의 굶주림으로 인한 죽음처럼 사회 보호망에서 벗어난 곳에서 벌어진 가슴 아픈 죽음들이 있고, 정말 사람의 힘으로는 어쩔 수 없어 보이는 자연재해나 불의의 사고로 인한 죽음들이 있고……. 기자 일을 하는 덕분에 대다수가 일상에서 잊고 지내는 '죽음'을 떠올릴 기회가 많고 그럴 때마다 사회에서 벌어지는 부당한 죽음을 막자고, 또 이 짧은 삶을 열심히 살자고 다짐한다. 하지만 그러면서도, 막상 가장 중요한 건 잊고 소홀히 하면서 지내게 된다.

내 곁의 소중한 사람의 죽음

그날 나는 앰뷸런스에 타고 있었다. 내 무릎에 닿을락 말락, 하얀 천에 덮인 시신 두 구가 있었다. 그날 화재 진압 현장에서 목숨을 잃은 소방관들이었다. 내 바로 옆에는 동료 소방관들이 같이 타고 있었다. 어떤 눈물보다도 무거운 침묵이 앰뷸런스 안을 가득 채우고 있었고, 난 그런 분위기에 압도된 채 고인들의 희생을 애도하고 있었다. 그런데 갑자기 내 전화기가 울렸다. 엄마였다.

"지경아, 지금 바빠?"

"네! 바쁘다니까요?! 이따 전화드릴게요!"

신경질을 내면서 바로 전화를 끊었다. 그런데 뭔가 좀 이상했다.

'어, 한 시간 전에도 엄마가 전화해서 똑같이 물어봤었는데? 보통 내가 바쁘다고 하면 전화를 그냥 끊으시지 다시 이렇게 전화하지 않는데…….'

급한 취재를 마무리하고 전화를 거니, 외할머니가 돌아가셨다고 했다. 아기 때부터 나를 돌봐주시고, 어린 시절 나를 늘 유모차에 태워 온 동네를 다니시고, 엄마한테 혼나고 울고 있으면 늘 그 거칠거칠하고 두꺼운 손으로 눈물을 쓱쓱 닦아주시고 별말 없이 과일을 깎아주셨던 나의 사랑하는 할머니…….

온갖 중요한 일을 하는 척, 바쁜 척은 다하고 살면서 정작 가장 소중한 건 이렇게 놓치고 사는 게 아닐까, 문득 두렵다.

197

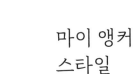

마이 앵커
스타일

"흠……. 앵커로서 나의 패션과 헤어스타일에 대해서도 한번 얘기해볼까 해."

"푸흡. 그건 아닌 거 같은데……."

K는 웃음을 참고 최대한 예의 바른 모습을 보이려고 노력하며, 나를 극구 뜯어말렸다. '아니, 님이 패션의 F라도 당최 아셔야지요!' 하는 실소가 눈과 입가에 충분히 전해지고 있었다.

"왜! 어느덧 나 벌써 앵커 반년 넘게 했다고!"라고 호기 있게 말하긴 했지만, 이미 나도 충분히 알고 있었다. 나는야, 패션은 1도 모르는 패션 꽝.

교양 있고 훌륭한 사람이 되려면 진선미에서 '미'를 갖추는 것도 필수라는데, 나는 어쩌다 보니 "점심 뭐 먹을래?" 누가 물으면 "아무거나요. 배만 채우면 되죠"라고 답하고 "요즘 음악 뭐 들어요?"라는 질문을 받으면, "최근 제일 많이 듣는 음악은 〈헬로 카봇〉 주제곡이고요, 그중에서도 오프닝 음악이 제일이죠. 하하"라고 답하는, 그렇고 그런 취향 없는 인간이 되어버리고 만 것이었다. 여기저기 부족함이 많은데 그중에서도 특히 취약한 게 또 패션과 스타일 분야였다.

어렸을 때부터 옷에 그다지 관심이 없어서 계속 엄마가 사다주시는 옷을 불평불만 없이 입고, 심지어 회사에 들어와서 방송기자가 된 다음에도 엄마랑 같이 아웃렛에 가서 골라주시는 옷들을 입었는데, 내가 간혹 거부 의사를 표현할 땐 '편안함'과 '활동성'이 떨어지는 경우였다. 그러니까 한마디로 나에게 옷이란 맨몸으로 나가기는 좀 그러니 입어주는 것 정도고 트레이닝복, 등산복처럼 기능성을 잣대로 골랐던 것이다.

그런데 어쩌다 보니 나와 데이트를 하게 된 K는 만남 초기에 노란 반바지를 입고 나오고(실은 그래서 내 친구들한테 좀 이상한 사람 아니냐고 욕을 한 바가지 듣고), 내가 이름도 모르는 브랜드에 숨겨진 역사와 가치를 한 시간도 떠들 수 있는, 한 마디로 멋쟁이였다. 나와 같이 다니기 창피했는지 K가 옷을 잔뜩 골라주어 신혼 초까지 많이 멋있어졌다는 칭찬을 주변에서 받았던 것도 잠시! 과도한 업무와 육아에 찌든 일상 탓에 K의 손길이 나의 패션과 멀어지면서, 내 꼬락서니는 다시 원상 복귀되고 말았다.

"변했다, 진짜! 결혼했다고 어떻게 옷도 안 골라주냐?!" 라고 내가 화를 내면, K는 정말 어처구니없다는 듯 나를 물끄러미 바라본다. 하지만 이것도 사랑이 변한 거 맞지 않습니까?

'한번 해보시든지요' 하는 K의 태도에, 오기로라도 글을 써야겠다고 마음먹었다. 그리고 원래 기자는 본인이 전문가라기보다는 전문가들한테 부끄러워하지 않고 잘 물어보는 사람들 아닌가!

패션 스타일 편

용기를 내어 코디님께 여쭤봤다. 심증은 있었지만, 왠지 조금 부끄러워 차마 직접 확인하지는 않았던 바로 그것부터.

"팀장님, 제 전용 바지가 따로 있는 거죠?"

"아, 네 개가 있어요. 검정, 남색, 스트라이프, 회색. 자꾸 손이 가는 것만 가서 회색은 아직 입지도 못했네요."

"아, 전 두 벌인 줄 알았는데 네 벌이나 있었어요? 하하! 저 때문에 바지를 네 벌이나 따로 구입하시다니! 제작비 받아서 남는 것도 없으시겠어요, 죄송해서 어쩌나!"

"그것보다 작은 사이즈에 예쁜 바지들이 많은데 입을 수가 없으니 안타깝네요."

살 빼라는 선의의 구박을 내가 들을 의지도, 능력도 없는 인간이란 걸 코디님이 파악하시고 나서 우리 사이는 초반의 긴장감은 사라지고, 평화로운 관계로 안착한 상태였다. 오히려 내가 그다지 원하거나 요구하는 것도 없이, 가져다주시는 옷들을 넙죽넙죽 잘 입으니 나중엔 좀 편해하시는 것 같기도 했다.

그리고 역시 전문가답게 나의 체형에 딱 맞는 스타일을 찾아주셨다.

몸에 딱 붙는 원피스? 에이…… 진행하면서 숨을 못 쉴 텐데?

정장 바지에 이지적인 느낌이 물씬 나는 셔츠? 시도해봤더니 분명 예쁜 금색 셔츠였는데 웬 곰이? 셔츠만 입는 건 절대 금지. 재킷 필수.

이리하여 정착된 나의 스타일은 허리 라인이 최대한 없는 재킷에 안에는 심플하지만 비비드한 컬러의 탑, 그리고 편안한 나의 77사이즈 전용 바지들. 내가 허리가 없어도 디자인이 최대한 위장해주니, 진정한 프로의 솜씨랄까. 늘 감사드립니다, 코디님.

또 궁금했던 다음 질문으로 넘어갔다.

"코디님, 전에 뉴스 진행하시던 앵커는 재킷 안에 탑이 늘 사선이더라고요. 볼 때마다 신기했는데, 그건 왜 그러는 건가요?"

"흠…… 그건 같이 작업하는 코디팀 스타일인데요, 그 팀은 사람마다 하나씩 포인트를 잡아서 강조하고 그걸 이미지로 각인시키는 걸 선호하는 것 같더라고요. 그 앵커님 경우는 사선 탑이었던 것 같고요. 그게 좋다, 아니다, 좀 질린다, 의견은 좀 갈리는 것 같은데요. 저희는 그것보다는 옷의 품질과 핏을 좀 중시하는 편이에요."

코디님과의 수다에 따르면 방송사마다 앵커의 옷 스타일도 특색이 있다고 했다. 기자들이 다른 언론사 기사들을 보는 것처럼, 코디들도 다른 방송사 옷들을 모니터링 하는데, A방송사는 너무 촌스러워서 모니터링에서 아예 제친다고 했고, B방송사가 세련된 느낌이라 주목 대상, 요즘 한창 뜨고 있는 C방송사의 경우에는 의외로 자연스럽고 촌스러운 것을 좋아하는 사장님의 취향 때문에 앵커들의 옷이 그다지 멋지진 않다는 평가였다.

"팀장님, 근데 저처럼 치마나 원피스는 안 입고 계속 바지 정장만 입는 사람도 많나요?"

"원래 여자 앵커의 복장이라고 하면 원피스 위에 재킷을 입는 게 공식 같은 거였거든요. 그런데 몇 년 전에 우리 앵커인 E씨가 선거방송을 하면서 아래위로 바지 정장을 입고 나서, 여자 앵커들 사이에 유행처럼 모든 방송사로 번졌어요."

"아, E씨가 슈트 입은 모습 너무 멋진데……. 그런데 여자 앵커들이 바지 정장을 입은 게 생각보다 얼마 안 된 일이네요."

"네, 요즘도 어르신들 중에는 원피스에 재킷을 입는 걸 더 좋아하시는 분들도 있어요."

"악! 그런 아재 분들이!"

피팅을 마치고 코디팀 팀장님과 헤어지기 직전, 나는 또 부끄러워서 할까 말까 하던 얘기를 못 참고 꺼내고야 말았으니……

"팀장님, 제 전용 바지들이요……. 저 앵커에서 잘리면 쓸 데도 없으실 텐데 저한테 파실래요?"

"하하하, 그냥 드릴게요."

'아, 77사이즈로 살다 보니 이렇게 행복한 순간도 오는구나!' 감격에 벅차오르는 가슴을 진정시키려고 애쓰고 나도 모르게 치솟아 오르는 입꼬리를 애써 아래로 누르며 말했다. "그게 무슨 가당치 않은 말씀이세요! 전 옷도 잘 못 고르는데 예쁜 바지들을 저에게 중고가에 넘겨주시는 것만으로도 감지덕지입니닷!"

이렇게 훈훈한 대화로 이날의 피팅은 마무리되었다.

메이크업+헤어스타일 편

메이크업의 신묘한 힘은 앵커를 시작하고 얼마 지나지 않아 바로 깨달았으니…….

뉴스 진행을 마치고 스튜디오를 나와 보도국에 돌아왔는데, 야근을 하던 같은 팀 선배 모습이 보였고 반가운 마음에 인사를 건넸다.

"선배! 안녕하세요!"

그런데 그 선배는 날 보고 잠시 주춤하더니 공손하게 목

례로 답하는 게 아닌가.

"선배? 왜 이러세요? 저예요, 저!"

"네?! 아……."

그러니까 분장을 받은 나를 알아보지 못한 거였다. 10년 만에 만난 친구도 아니고, 볼 일 없는 데면데면한 사이도 아니고, 한 팀에서 매일매일 얼굴을 보는 선배가 못 알아볼 정도라니, 이것은 진정 '분장'이 아닌 '변장'이었던 것이다. 또 다른 선배는 내 앞까지 친히 와서 신선한 채소라도 고르는 것처럼 얼굴을 찬찬히 뜯어보더니 "아, 정말 메이크업은 종합예술이구나!" 하는 감탄사를 남기고 사라지기도 했다.

토요일 새벽 4시 15분, 회사 3층 분장실에 도착해 난 그저 가만히 앉아 있고 메이크업 아티스트와 헤어디자이너의 손길을 거칠 뿐, 이 종합예술의 자세한 과정에 대해선 도무지 알 방법이 없다.

"오늘은 애교를 펑펑 넣어드릴게요!" 해서 무슨 말인가 싶어 보면, 눈 아랫부분에 반짝반짝 예쁜 색깔들이 입혀지고, "오늘은 턱살을 모조리 없애드리겠어요!"라며 갈색으로 얼굴 옆 선을 칠하면 화면에서 얼굴이 실물보다 훨씬 작아 보이는 착시 현상이 벌어지고…… 얼굴이 깎이고 눈은 커지고 코는 세워지고 피부는 매끈해져서 전혀 다른 사람으로 재탄생하게 되는 이 신기한 과정을 나는 그저 넋을 놓고 바라볼 뿐이다.

내 담당 헤어디자이너는 앵커 머리의 핵심은 '단정함'이라고 얘기하셨다. 그러면서 출산 이후 머리가 너무 많이 빠져서 어쩔 수 없이 잘랐던 앞머리를 어서 길러 단정한 단발로 만들라고, 그리고 머리를 갈색으로 염색하라는 지령을 내리셨다. 그러고 보니 염색을 마지막으로 했던 건, 대학생 때 유행하던 속칭 브리지, 그러니까 머리 몇 가닥만 물들이는 부분 염색을 분홍색으로 한 게 마지막이었던 것 같은데…… 하지만 또 전문가 말씀은 들어야지! 염색을 하고 나니 이유는 모르겠지만 화면에 좀 덜 촌스럽게 나오는 것 같기도 하다.

방송이 끝나고 집에 돌아왔는데, 모처럼 아이가 나와서 날 맞았던 어느 날, 주로 기름지고 뻗친 머리와 꼬질꼬질한 모습으로 날 기억하는 아이가 평소와 너무 다른 엄마의 모습에 눈을 떼지 못한다.

'짜식, 벌써 이쁜 걸 아는 것이냐?'라고 생각하고 있는데, 아이가 관찰을 마치고 입을 열었다.

"엄마, 쎄슈해."

"응?"

"엄마, 쎄슈하라고."

"엥? 왜?!"

"엄마, 이상해. 괴물 같아."

얼굴을 벅벅 닦아내고 있는데 문득 고등학교 때 생물 선생님의 가르침이 떠올랐다. '꽃다발은 식물의 생식기 다발일 뿐이다'라는 말로 한창 마음이 꽃망울처럼 부풀어 올랐던 사춘기 소년, 소녀들을 객관적 과학의 세계로 인도하셨던 그 선생님이 '피부를 1밀리미터만 벗기면 다 핏덩이일 뿐이다'라는 말씀도 하셨었지. 뒤돌아 생각하면 그 선생님, 성격에 문제가 있으신 게 아닌가 하는 생각도 좀 들긴 하지만, 그래 이 아들놈아, 엄마가 겉모습에 현혹되지 않고 늘 본질에 신경 쓰며 잘 살아볼게. 그래도 괴물은 너무한 거 아니니, 흑흑.

기상 캐스터 옷은
왜 그래?

앵커가 되고 나서 꽤 여러 번 이 질문을 받았다. 성비를 보면 100퍼센트 여성, 이미 질문할 때부터 얼굴에 못마땅하다는 기색이 가득하고 질문이 아니라 불만을 표시하려는 게 명백했다. '아니, 왜 그렇게 몸에 달라붙는 옷을 입고, 날씨를 알려주기보다 몸매를 뽐내고 있는 거냐고? 너무너무 싫어' 하는 마음. 자기가 아는 한 남자(아마도 남편인 것 같다)는 하도 날씨 뉴스를 열심히 보기에 오늘 날씨 어떠냐고 물었더니만, 질문에는 답도 못하면서 그저 미소만 흐뭇하게 짓고 있더라는 분노 섞인 경험담도 속출했다.

실은 나도 좀 궁금하긴 했다. 날씨 안 좋기로 유명한 영국, 그중에서도 최악이라는 웨일스에 머문 적이 있었는데, 아침마다 통통하고 활기 넘치는 할머니 기상캐스터가 BBC 뉴스에 나와 날씨를 전해주곤 했었다. 늘 비 모양만 잔뜩 있고 무슨 말인지는 알아듣긴 힘들어도, 그 할머니 기상캐스터의 환한 미소가 참 좋아서 계속 눈길이 갔었는데……. 왜 우리나라에는 노년의 여성 기상캐스터는 볼 수 없는 걸까, 왜 젊고 아리따운 여성들이 주로 치마 차림으로 날씨를 알려주는 걸까?

토요일 아침마다 마주치는 그녀

토요일 새벽 내가 분장실에서 변장을 마칠 때쯤, 기상캐스터가 분장실에 도착한다. 태풍이라든가 더위라든가 날씨가 중요한 이슈인 날 급한 마음에 질문을 던지면, 그녀는 늘 정답을 가르쳐줬다.

"이번 태풍은 진짜로 우리나라에 영향이 클까요? 지난번에는 무시무시한 태풍이라고 뉴스에서 잔뜩 강조했는데, 사실 거의 영향이 없어서 민망하더라고요."

"네, 이번에는 정말 피해가 클 것 같아요. 특히 비보다는 강풍이 영향을 많이 줄 것 같아서 걱정이에요."

그러면 그런 분석들을 참고해서 앵커 멘트를 고치기도 했다. 기상청 통보문에 있는 복잡한 정보들을 이해하기 쉽게 풀어내는 기상캐스터들의 능력에 난 늘 감탄하곤 했다.

"혹시 기상캐스터들은 기상에 관심이 있는 분들만 특별히 입사를 따로 준비하는 건가요?"

"그런 건 아니고요…… 보통 아나운서를 준비하다 문이 좁다 보니 여기저기 지원하고, 결국 붙는 곳에서 일하게 되는 것 같아요."

스튜디오 안의 여성들

생각해보니 스튜디오 한쪽 파란색 크로마키 앞에 서서 날씨를 전해주는 기상캐스터 말고도 우리 프로그램에는 다양한 여성들이 정보를 전한다. 내 자리에서 오른쪽으로 2미터도 떨어지지 않은 곳에 서서 리포터들이 국제뉴스와 연예뉴스, 인터넷 화제 영상들을 전해줬고(지금은 국제뉴스 코너만 남았다), 스튜디오에 직접 나오지는 않지만 알짜 생활정보들을 현장에서 알려주는 '스마트 리빙' 코너에도 리포터가 있다.

얘기를 나눠보면 리포터도, 기상캐스터도 대부분 희망

1지망은 방송사 아나운서라고 했다. 하지만 아무리 종편이다 지역방송이다 유튜브다 예전보다 활동 공간이 넓어졌다 해도, 공채 아나운서 채용 인원은 방송국을 다 합쳐봤자 1년에 몇 명 안 되는 데다 지원자는 어마어마하게 많다 보니, 아나운서 말고도 기상캐스터, 시황캐스터, 교통캐스터, 리포터 등등 여기저기 지원서를 넣어 일단 합격한 곳에서 일을 시작한다고 했다. 또 거의 대학교 등록금만큼 비싼 수업료를 내는 아나운서 학원들도 아나운서 공채 시험뿐 아니라 리포터와 기상캐스터 시험도 대비를 해준다고 말했다.

코너를 진행하는 리포터들의 모습이 화면에 나오는 시간은 모두 합쳐 한 10초 정도 될까? 인사도 따로 없이 그날의 소식을 전하기 시작해서 그녀들을 비추던 화면은 바로 뉴스 영상들로 넘어간다.

앵커를 하며 화면이 넘어간 뒤, 티브이에는 나오지 않는 그녀들의 모습을 볼 기회가 생겼는데, 처음에는 놀라서 입이 떡 벌어질 정도였다. 방송에는 목소리만 나오고 있는데도, 그녀들은 온몸으로 연기를 하고 있었다. 귀여운 새끼곰에 대한 뉴스가 나올 땐 곰의 몸동작까지 따라 하는가 하면, 전쟁처럼 슬프고 심각한 뉴스에선 얼굴뿐 아니라 온몸 전체를 잔뜩 웅크리고 있었다. 그렇게 본인들이 몰입을 하면서 뉴스를 전하니, 듣는 사람들도 빠져들 수밖에 없었다. 겉에서 보기엔 그냥 20~30대의 아름다운 여성들일지 모르겠지만, 그녀들은 진정 프로였고, 능력도, 개성도 다 달랐다.

화려한 프리랜서?!

어느 날 갑자기, 스튜디오에 들어온 리포터들이 오늘이 마지막 방송이라면서 인사를 건넸다. 그중에는 내가 방송 능력에 진심으로 반해버린 리포터도 포함돼 있었다.

"아니, 갑자기 왜요?!"

"정확한 이유는 잘 모르겠어요……. 지난주에 통보받았어요."

회사 차원에서 프로그램 쇄신을 위해 리포터들을 바꿔보자는 결정을 내렸고, 우리 프로그램에서는 한 명만 남고 모두 교체된다고 했다.

"아, 너무 아쉽네요. 근데 교체 기준이 뭔가요?"

"잘 모르겠어요……. 결과를 보면, 가장 어린 리포터 한 명만 남았네요."

마지막 날이 되어서야 짧게나마 대화를 나눌 수 있었던 리포터 한 명은 멀쩡한 회사를 다니다 아나운서 꿈을 포기하지 못해 프리랜서로 일을 시작했는데, 이제 나이가 30대가 되어 지원서를 넣을 때마다 서류에서 계속 떨어지고 있다며, 앞날을 걱정했다.

방송 출연을 위해 그 새벽에 일어나 회사에 오고 의상비도 따로 들어가는데도, 이들이 받는 출연료는 충격적일 만큼 적었다. 지상파 방송국에 출연한다는 타이틀을 위해 일할 뿐, 교통비와 의상비를 생각하면 거의 무료 봉사나 마찬가지였다. 의상비를 줄이려고 옷을 함께 빌려 입거나, 옷 한 벌을 여러 번 입거나 하며 온갖 묘수를 짜낼 수밖에 없다는 이야기도 나중에 전해 들었다.

그저 남 일이 아닙니다요

한 앵커 선배가 나에게 말해줬었다.

"아무도 너 방송하는 거 어떤지 코멘트 안 해주지? 원래 그런 거야. 별말 없으면 그냥 잘하고 있다고 생각하면 된다. 잘못하면 그냥 바로 자를 거야."

같이 '하하' 웃으면서도 등골이 서늘했던 진실, 앵커 업무에 대해서는 나도 언제 바뀔지 모르는 프리랜서라는 것. 궁금함을 못 참는 내가 성격과 달리 기상캐스터에게 옷차림이 왜 그러냐고 물어보지 못했던 것도, 그들의 상황이 나와 크게 다를 것 없다는 씁쓸함 때문이었던 것 같다.

혼자서는 붙일 줄도 모르는 속눈썹도 계속 붙이고, 얼굴을 거의 새로 만들다시피 변장을 하고 있는 것도 앵커로서 바람직해 보이는 이미지에 맞추려는, 좋은 상품으로 보이려는 노력의 일환이 아닐까. 내가 몸에 붙지 않는 옷을 입는 건 앵커란 좀 점잖아야 한다는 기대 역할에 맞춘 것에 더해, 안 입는다기보다는 못 입는다는 표현이 정확할 것 같고. 기상캐스터들도, 리포터들도, 그 일은 '젊고 예쁘고 산뜻해야 한다'는 주어진 틀 안에서 나름 최선을 다하고 있는 게 아닐까 생각했다. 그것도 워낙 경쟁이 심하다 보니 어떤 식으로든 튀어야 살아남는다는 부담감은 더 큰 상황에서…….

존재 자체가 매우 희귀한, 지상파의 선임 여성 기자 출신 앵커들이 만나 대담을 나눈 글에서, 그들이 지적했던 부분도 크게 다르지 않은 것 같다. "남자 앵커한테는 올드하다는 지적을 잘 안 하는데 유독 여성 앵커만 외모와 나이에 박한 잣대를 들이댄다", "메인 뉴스 앵커 둘이 아빠와 딸, 삼촌과 조카뻘인데 시청자가 원해서인지 내부적인 고정관념 때문인지 돌아봐야 한다"라고 말했는데, 주어를 앵커에서 리포터로 바꿔도 다를 게 무엇인지…….

젊음 말고, 미모 말고

태풍이 한반도 가까이 접근한 어느 날 앵커 자리에 앉아 본부 뉴스와 타사 뉴스들을 비교하며 보고 있는데 우리 기상캐스터는 우비를 입고 날씨를 알려주는 반면, 다른 방송국 기상캐스터들은 짧은 치마를 입고 있는 게 눈에 들어왔다.

그리고 그날 이후 유심히 살펴보니 우리 방송국 캐스터들의 옷이 노출이 확연히 적다는 느낌이 들었다. 그래서 한 기상캐스터에게 조심스럽게 물어봤다.

"저희 기상캐스터들의 옷이 다른 곳보다 좀 점잖은 편 아닌가요?"

"네. 저희 팀장님이 노출 심한 옷은 진짜 싫어하세요. 비치는 옷, 너무 짧은 옷은 금지예요."

"아하! 그 H팀장님이요?"

"네."

H팀장님이라 하면, 기상캐스터로 입사하여 20년 넘게 기상 일을 담당하시면서 기상학 박사도 따시고, 기상청의 예보가 너무 어이없게 틀리면 전화로 준엄하게 꾸짖기도 한다는 그분 아닌가?!

우리가 알게 모르게, 곳곳의 왕언니들이 그래도 세상을

조금씩 바꾸고 있다. 나도 언젠가 중요한 결정을 내릴 수 있는 왕언니의 위치에 오르면 '젊음과 미모'라는 획일적인 기준 말고, 다양한 매력과 능력을 반영해 색색깔 아름다운 이들로 스튜디오를 채워보고 싶다.

1년은 버틴
비법

시작은 그 전주 목요일이었던 거 같다. 술자리에서 가볍게 시작한 이야기가 나도 모르게 취기에 이성 줄을 놓으면서 막말로 이어졌고, 1차 끝나고 당장 귀가했어야 하거늘 이미 취했다 보니 2차에 가서 똑같은 말을 또 하고 급기야는 3차까지 갔던 문제의 바로 그날! 자고 나서 아침에 힘겹게 일어났더니 눈이 충혈되고 목소리가 안 나오기 시작했던 것이다.

같이 사는 K는 그 꼴을 보고 혀를 끌끌 차면서 술 마시고 실수하고 골병들고 어쩜 하는 짓이 그렇게 아저씨 같냐고 구박했는데, 구박이야 늘 듣는 것이고 불현듯 목소리가 계속 이러면 방송을 하지 못할 수도 있겠다는 생각이 들었다.

그리고 걱정했던 것보다도 더 빠른 속도로 목 상태는 점점 악화돼서, 며칠 뒤에는 아무리 내가 입을 벙긋벙긋해도 소리가 입 밖으로 나오지 않는 지경이 됐다. 처음에는 그저 감기려니 생각했는데, 뭔가 이상하다는 생각이 들기 시작했다.

'목에는 통증이 거의 없고, 왜 목소리만 안 나오는 거지? 설마 운동도 안 하고 마구 살아온 대가를 이제 치르게 되는 건가? 드디어 올 게 온 것인가?!'

우울한 상상의 나래를 펼치다 점심시간에 짬을 내 국회 인근 이비인후과에 찾아갔다.

내 순서가 되어 진료실 안으로 들어가니 풍성한 백발에, 날카로운 눈빛의 할아버지 의사 선생님이 날 기다리고 계셨다. 그리고 취조, 아니 빠른 속도로 질문이 쏟아졌다.

"술을 많이 드십니까?"

(목소리가 안 나와서 눈 그게 뜨고 끄덕끄덕) 속마음은 '아니 어떻게 알았지?'

"커피 많이 드십니까?"

(눈 크게 뜨고 두 번째 끄덕끄덕) '네 달고 삽니다. 하루에 네댓 잔은 기본인 것 같아요. 카페인에 의지해 삽니다.'

"많이 먹습니까?"

(눈 크게 뜨고 세 번째 끄덕끄덕) '밥심이라고 밥도 많이 먹는데, 안주까지 엄청 먹어서요.'

"먹고 바로 자리에 누워요?"

(눈 크게 뜨고 네 번째 끄덕끄덕) '술 먹고 안주 먹고 그러고 씻지도 않고 바로 자는데…… 아니, 그런데 어떻게 아셨죠?!'

모든 질문에 "그렇다!"라고 답하고 나니 뭔가 부끄럽고 머쓱해지려던 찰나, 선생님이 불쏘시개같이 생긴 기다란 쇠막대기를 꺼내 들었다.

(아니, 저걸 설마 내 목구멍에 넣는 건가?)

"아~ 해보세요. 이걸로 목 안 상태를 살펴볼 겁니다."

그 쇠막대기는 내가 웩웩거리는 사이 마치 불을 먹는 묘기처럼 신묘하게도 내 목구멍 안에 쑥 들어갔다 나왔다. 쇠막대기가 찍어온 내 목구멍 모습을 보더니 의사 선생님은 바로 진단을 내렸다.

"고치기 힘든 병입니다."

(동공 확대+지진+입 벌어짐)

"역류성 후두염입니다."

'응? 아니, 역류성 식도염은 들어봤지만 역류성 후두염은 무엇이람?'

설명을 들어보니 위액이 역류하면 보통 역류성 식도염인데, 그게 위로 쭉 더 올라와서 후두까지 올 정도면 역류성 후두염이 된다고 했다. 스트레스와 수면 부족, 카페인 섭취와 음주처럼 내가 주로 하는 모든 짓이 원인이고, 그 생활습관을 고치지 않으면 계속 목소리가 안 나오는 지금 같은 증세가 나타날 거라고 했다.

하지만 그 주는 또 하필 연이어 3일 중요한 저녁 약속이 있을 때였고, 손짓과 바람소리를 섞어 의사 선생님께 사정을 말했다. 그러면 술만 먹고 안주는 최대한 적게 먹고, 뭘 먹고 나서는 꼭 두 시간 뒤에 자라는 나름의 타협안을 간신히 받아 들고, 좀 더 빨리 나을 수 있다는 말에 오랜만에 엉덩이에 주사도 한 방 맞고 나서, 그러고 병원을 나왔다.

국회로 돌아오긴 했지만 목소리를 잃고 나니 기자 업무를 제대로 할 수가 없었다. 기사를 쓰려면 여기저기 전화를 걸어서 궁금한 것들을 물어봐야 하는데, 통화는 아예 할 수가 없고 단순한 필담, 그러니까 문자나 카톡으로만 대화가 가능했다. 또 방송기자다 보니 기사를 쓰고 나서 내 목소리로 읽어야 하는데, 목소리가 안 나오니 내가 기사는 쓰더라도 녹음은 후배에게 부탁해야 했다. 다들 바쁜데 이게 웬 민폐람?!

그런데 목소리를 잃고 나니 세상이 좀 조용해진 것도 같았다. 하루만 확인하지 않아도 새로운 카톡 메시지만 400~500개가 쌓일 정도로 말이 가득한 정치권인데, 내가 말하는 부분만 덜어내도 한결 세상이 평화로운 듯한 느낌이 들었다. 하지만 그것도 잠시, 말을 최대한 하지 말라는 의사 선생님의 당부에도, 난 그날 저녁 정치인과의 술자리에서 궁금함과 조바심을 참지 못하고 열심히 바람소리와 쇳소리를 내고야 말았고, 수요일쯤 목 상태를 보니 이대로라면 그주 토요일 새벽 뉴스 진행은 도저히 할 수 없을 것 같았다.

어쩔 수 없이 편집부 선배에게 문자를 보냈다.

'선배, 제가 목소리가 안 나와서요. 지금 이대로라면 이번 주 토요일 방송은 힘들 가능성이 큽니다. 너무 급박하게 말하면 안 될 것 같고, 아나운서국에 미리 연락을 해두는 게 어떨까요.'

'그래, 그럼 내가 얘기해둘게.'

하지만 다행히 술과 카페인과 과식을 최대한 자제했더니 3일쯤 지났을 때 완전하진 않아도 목소리가 꽤 나오기 시작했고, 프로 앵커님 Z에게 전화를 걸어 "이 정도면 방송해도 괜찮을까?" 허락을 받고 나서, 그 주는 대타를 찾지 않고 직접 방송을 할 수 있었다.

듣기에 너무 거슬려서 시청자에 대한 결례가 될 수준이 아니라면 최대한 뉴스를 진행하고 싶다는 마음이 컸던 건, 이날이 내가 뉴스 진행을 시작한 지 딱 1년이 되는 날이었기 때문이다. 방송 시작한 때만 하더라도 3개월 뒤에 잘릴 수도 있다고 했는데 큰 사고 없이 1년을 버텼다니! 이제 뉴스 시작 시간을 알리는 숫자가 60에서 하나씩 줄기 시작해도 다리가 덜덜 떨리지 않고, 옆의 앵커와 자연스럽게 얘기를 나눌 수 있을 정도가 됐구나! 주 6일 근무, 그동안 잘 버텼다! 고생 많았다!

혼자서 내심 뿌듯해하고 있는데, 갑자기 한 보도국 선배의 목소리가 귀를 파고들었다.

"어이, 오랜만이야. 그런데 새로 앵커 됐나 봐?"

순간 일그러지는 표정을 숨기려고 고개를 획 돌리고 우물쭈물 답했다.

"저…… 시작한 지 1년 됐는데……."

선생님이 술 마시지 말랬는데 이렇게 술이 확 당길 수가! 역시, 사람들이 토요일 새벽 뉴스는 당최 보지를 않고 까먹은 나머지 내가 1년을 채울 수 있었구나……. 꺼이꺼이.

내겐 너무 멋진
언니들

후배의 가림막이 되어준 선배 A

빵집에서 하얀색 플라스틱 탁자를 사이에 두고
그녀와 어색하게 마주 보고 앉아 있었다. 이 차가운 분위기
를 좀 녹여볼 수 있을까, 뜨거운 차를 시켜 가져오긴 했지만
전혀 도움은 되지 않았다. 그녀의 온몸에서 적개심과 분노
가 뿜어져 나왔다.

"그거 방송 나가면 안 됩니다!"

날카로운 목소리에 움츠러들었지만 '흡' 하고 나는 마음
을 다잡았다. 이미 모든 취재는 끝났다. 기사는 오늘 메인
뉴스에 나가는 걸로 방송 시간도 잡혀 있다. 나는 회사를 대

표해서 그녀를 설득하라는 임무를 띠고 이 자리에 나와 있었던 것이다. 내가 여기서 밀리면 모든 게 끝이고, 그동안 취재하느라 고생한 후배의 노력도 물거품이 된다. 난 배에 힘을 주고 말했다.

"사회에서 중요한 위치에 있는 사람이 부하 직원을 성추행했는데 그런 사실을 알려야 하지 않겠습니까?"

하지만 그녀도 전혀 물러서지 않았다. 큰 눈으로 나를 노려보며 거의 소리를 지르기 시작했다.

"이제 그나마 좀 괜찮아져서 마음을 잡으려고 노력하고 있는데, 보도하지 마세요! 무엇보다 중요한 건 피해자 의사 아닌가요?"

"피해자는 특정되지 않도록 구체적인 정보는 쓰지 않을 겁니다. 가해자는 모범을 보여야 할 공인인데 이번 일을 알려서 다신 비슷한 일이 벌어지지 않도록 하는 것도 중요하지 않을까요? 보도가 나가면 조직 안에서 처벌, 그리고 재판에도 도움이 될 겁니다."

우리도 약이 바짝 오른 상태였다. 그동안 그토록 접촉하려고 애썼으나 만날 수 없었던 피해자 측과 이렇게 마주 앉게 된 건 가해자가 속한 조직에 우리가 성추행 사건을 취재했고 곧 보도할 거란 사실을 알린 직후였다. 그러니까 가해자와 피해자가 속한 조직에서 우리 보도를 막으려고, 황급히 피해자 쪽에 알려서 이 만남이 성사된 거였다.

난 설득을 위해 이런저런 얘기들을 꺼냈지만, 그녀는 흔들림 없는 거대한 바위 같았다.

"피해자가 원치 않는 뉴스를 하면 그런 게 다 무슨 소용입니까? 제가 성추행을 당한 거라고 소문난 것 다 알고 있었습니다. 그리고 다들 그렇게 알고 있으라고, 일부러 주변에 아무 말도 하지 않았습니다. 저는 경험도 있고 나이도 있고 그런 소문이야 그냥 지나갈 수 있지만, 피해자는 이번 일로 받을 상처가 너무 큽니다. 더 힘들어지면 안 됩니다. 방송하지 마세요!"

뭐라고?!

그러니까 알고 보니 그녀는 성추행을 당한 피해자 본인이 아니라, 피해자와 가까운 여자 선배였다. 자기가 성추행을 당했다고 소문이 나 주위에서 모두 수군거리는 걸 일면서도 자기보다 힘든 위치의 여자 후배를 위해 루머를 기꺼이 감수하고 있다는 얘기였다. 그리고 이런 불편한 자리에도 후배 대신 나와서 방송을 할 생각은 꿈도 꾸지 말라며 목청을 높여 싸워주고 있는 거였다.

'와……. 너무 멋있는 거 아니야?'

순간, 그녀에게 반하면서 마음속에서 무릎을 꿇어버렸다.

피해자가 원하지 않는다고 모든 사건을 다 보도하면 안 된다고 생각하지는 않는다. 여러 공익적 가치의 경중을 신중히 따져봐서 보도하는 게 맞다고 판단하면, 일단 기사는 쓰되 피해자를 최대한 보호할 방법을 고민하는 게 맞는 방향일 것이다. 예를 들어 가해자가 대통령이나 총리였다면 어떤 방식으로든 기사를 썼을 가능성이 높다. 하지만 이 사건의 가해자는 그 정도 고위급 인사는 아니었고, 난 그녀에게 설득당했다.

결국 나에게 설득 임무를 맡겼던 선배에게 쭈뼛쭈뼛 전화를 걸었다.

"선배……. 전혀 설득이 안 됩니다. 사안이 사안이니만큼 피해자가 반대하는데 뉴스로 나가면 문제가 될 것 같은데요……."

"지금 취재가 다 끝났는데? 방송 막으려고 이렇게 피해자 쪽 부른 것도 열 받고……. 최소한 피해자는 직접 다시 만나봐."

힘들어하는 피해자를 직접 보고 나니 방송을 하면 안 되겠다는 생각이 더 굳어졌다.

결과는 우리 빼고는 해피엔딩이었다. 그녀도, 그녀의 후배도 잘 살고 있고, 가해자는 피해자가 원하는 수위의 강력한 처벌을 받았다. 나도 '지금 기사는 안 쓰지만 계속 주시하겠으며, 제대로 징계 절차가 진행되지 않으면 바로 다시 문제 삼겠다'는 경고를 잊지 않았다.

누가 여자의 적은 여자라고 했던가. 나쁜 놈이 있듯 나쁜 년도 있기 마련이지만, 살다 보면 이런 멋진 언니들의 세계를 종종 마주친다.

여자들의 네트워커 B

또 다른 멋진 여인, 국회의원 보좌관 B의 전화를 처음 받은 건 몇 년 전, 화창한 어느 가을날이었다. 날은 좋지만 현실은 경찰청 기자실에서 오늘은 또 무슨 사건 사고가 터지려나 초조하게 대기하던 그날, 모르는 번호로 전화가 걸려 왔다.

"저…… M본부 김지경 기자님이시죠?"

"네, 맞습니다. 누구시죠?"

"저는 ○○ 의원실의 B보좌관이라고 합니다. 국정감사 아이템 때문에 전화드렸어요."

가을은 바야흐로 국회 국정감사의 시간.

국민을 대신해서 행정부를 감시하는 국회 본연의 임무를 다하기 위해 국회의원들, 실은 보좌진들이 열심히 곳곳에서 정부 정책의 빈틈과 문제점을 찾아내고, 종종 언론사와 손을 잡고 보도를 통해 이런 문제점들을 지적하는 시기였다.

기자들 입장에서도 중요한 기삿거리가 많은 때라서, 유능한 의원실들에 연락해 "부디 우리 언론사를 통해 문제를 지적해주십시오" 읍소하고 있었는데, 이렇게 먼저 연락을 주다니! 이런 횡재가! 아이템 내용도 들어보니 여경은 늘고 있는데 여경들이 쓸 수 있는 시설은 턱없이 부족하고 열악하다는, 의미 있고도 시의 적절하고도 현장성도 있는, 한마디로 '얘기 되는' 것이었다. 이 아이템을 취재하던 후배가 길을 건너다 자동차에 치이는 아찔하고 속상한 사고가 벌어지긴 했지만, 우여곡절 끝에 이 뉴스는 제대로 보도됐고, 여경 시설의 개선책을 마련하는 정책적인 변화로도 이어졌다.

몇 달이 지나 B보좌관에게 왜 그때 나에게 전화를 걸었는지 물어볼 기회가 생겼다.

"아니, 아는 다른 기자들도 많을 텐데 왜 저한테 굳이 전화를 해서 그 아이템을 준 건가요?"

"여자 기자라서요."

"네?"

229

"국회에서 일하다 보면 여자 보좌관이라서 겪게 되는 힘든 일들이 많거든요. 여기저기서 무시당하기도 쉽고, 남자 보좌관들은 '형님', '아우' 하면서 서로서로 이끌어주는데 여자들은 수가 적다 보니 그런 데서도 배제당하고……. 그래서 비슷한 고초를 겪고 있을 여자 기자들을 위해 저라도 징검다리를 놓아주고 싶었어요. 관계 출입처에 있는 여기자들 명단을 알아봐서 전화한 거예요."

'와……. 너무 멋있는 거 아니야?'

또 여자에게 반해버렸다.

알고 보니 후배를 위해 날 매섭게 공격했던 그녀도, 여성들을 위해 징검다리를 놓아준 보좌관 B도 나와 동갑이었고, 우리는 한번 같이 만나볼까, 술을 마셨고, 밤이 깊어지는 줄 몰랐던 끝없는 수다 끝에 친구가 되었다. 쪽수로도 문화적으로도 '남초'인 사회에서 살고 있는 우리들이 만나서 나눌 얘기들이 어찌나 많던지……. 완전히 다른 곳에서 일하고 있지만 어쩜 이렇게 비슷한 섬이 많은지 감탄하며, 서로를 응원하고 언제든 뒷담화를 즐길 수 있는 자매 사이로 등극했다.

언니들, 사랑합니다

이 둘은 내가 가장 최근에 만난 멋진 여성들이고, 내 곁의 사랑스럽고 훌륭한 자매님들에 대해 얘기하자면 이 역시 끝이 없다.

이 동갑 모임에 곧 합류해서 우리의 영적 지도자가 되신 Y언니, 여자가 살아남기 가장 혹독한 여건인 사기업에서 임원으로 사투를 벌이면서도 시대를 앞서가는 자유로운 삶을 영위하며 오픈 스포츠카도 태워주는 멋진 여자! 바쁘고 힘들어 죽겠는데 이 글을 쓰기 시작한 것도, 또 계속 쓰고 있는 것도, 본업은 변호사인데도 나보다 뉴스를 더 열심히 보면서 기사 똑바로 쓰라고 괴롭히고, 앵커 경험을 기록으로 남기라고 나를 들들 볶는 E자매님 덕분이다. 여기에 자기는 결혼 안 할 테니 그동안 낸 축의금을 내놓으라며 마흔 축하연을 열고 축의금으로 쌍용자동차 노동자들의 투쟁 기금을 걷어갔던, 평소엔 연락도 안 하다 내가 힘들 때면 귀신같이 알고 전화하는 존경하는 M언니, 늘 내가 잘 모르는 더 넓은 세상에 대해 얘기해주시면서 따뜻한 응원을 보내주시는 '사회에서 만난 언니들'인 '향사랑' 자매들, 나만 결혼 안 할 줄 알았는데 나만 결혼하고 지들은 행복하게 요가니 아이돌 덕질이니 싱글 라이프를 즐기면서도 육아 이상의 에너지를 각자의 일에 쏟고 있는 베프들, 멀리 영국에서, 네덜란드에서, 필리핀에서, 홍콩에서 씩씩하게 자리 잡고 전혀 다른 사회의 얘기를 들려주는 멋진 친구들, 또 내가 애 낳고 집에 감금되어 있던 시절 친히 집까지 찾아와주고, 아가 옷과 육아서뿐 아니라 따뜻한 이해와 격려를 건네줬던 소중한 여자 선배들……. 이밖에 여기에 쓰지 못한 수많은 자매님들, 내 맘 알죠? 감사합니다. 그리고 사랑합니다.

힘들 땐
스카이다이빙

버거운 하루에 숨 막히는 기분이 들 때 떠올리는 장면이 있다.

나는 지금 남아프리카 나미비아의 상공, 내부가 한 평 될까 말까 한 작은 경비행기 바닥에 떨면서 앉아 있다. 바로 앞에는 덩치 큰 네덜란드 언니, 이다가 비행기에서 뛰어내릴 준비를 하고 있다. 텐트를 같이 쓴 지난 2주 동안 하루 종일 "쟤가 나랑 자고 싶어 하네" 유의 야하고 시시껄렁한 농담을 하느라 바쁜 그녀였는데 웃음기가 싹 사라진 얼굴이 낯설다. 그러고는 곧 휙, 이다가 내 눈앞에서 사라진다.

다음은 내 차례다. 나를 매달고 함께 하늘에서 뛰어내릴 프로 스카이다이버가 어서 열린 문 앞으로 가라고 재촉한다. 마치 엉덩이가 비행기 바닥에 붙은 것처럼 몸이 말을 듣지 않자, 스카이다이버는 내 엉덩이를 걷어차다시피 해 나를 문 쪽으로 몰아낸다. 그러고는 나의 의지와 상관없이 비행기 밖으로 튕겨 나온 내 몸. 나는 누런 나미비아 사막을 향해 자유낙하를 시작한다.

헉! 숨이 쉬어지질 않는다! '자이로드롭 비슷하겠지' 했던 예상은 크게 잘못된 거였다. '63빌딩에서 투신자살 하면 이런 기분이겠구나' 싶다. 온몸을 거칠게 훑고 지나가는 공기에 보호경을 쓴 상태인데도 눈을 뜨기도 숨을 들이마시기도 힘들다. 한동안 끅끅거리다 숨을 못 쉬는 건 긴장 탓이라는 생각이 들고 나서야 가까스로 호흡을 되찾는다. 그리고 잠시 뒤에 낙하산이 펼쳐진다. 몸이 잠시 덜컹하더니 깃털이 된 것처럼 천천히 하늘을 헤엄치듯 내려온다. 이제야 끝없이 이어진 사막이 눈에 들어온다. 작은 비행장 외에 인적은 찾아볼 수 없고, 바람결에 쌓인 작은 모래 언덕들만 곳곳에 보인다. 이 세상이 모두 끝장나고 나만 홀로 남은 것 같다.

진짜로, 죽을 고비는 일주일쯤 뒤에 찾아왔다. 짐바브웨 빅토리아 폭포 강줄기에서 래프팅을 했다. 동강에서 천천히 단풍 구경하며 내려오는, 그러다 집에 그냥 돌아가면 서운하니 물싸움을 시키든지 해서 몸을 좀 적셔주는 유의 래프팅이 아니었다. 거친 물살에 타고 있던 고무보트가 몇 번이나 뒤집혔고, 바위에 몸 여기저기가 긁히고 다쳤다. 한번은 보트가 물 위로 크게 점프했다 뒤집히면서 보트 아래 작은 공간에 갇혀버렸다. 배가 아래쪽으로 눌리면 물속에 머리가 처박히며 물을 '꼴깍', 배가 위쪽으로 뜨면 잠시 숨을 쉬고는 곧 강제 입수로 물을 '꼴깍'. 이런 물고문 같은 과정을 반복하며 보트와 함께 강 아래로 아래로 떠내려가다가 '난 이렇게 짐바브웨에서 죽나' 했는데 갑자기 보트 한쪽이 들리며 눈앞이 환해졌다.

"No worries!(걱정 마!) I got you!(내가 찾았어!)"

영화라면 뉴요커 그 금발 아저씨한테 "당신은 나의 생명의 은인!"이라며 키스를 퍼부었겠지만, 난 그저 "Thank you so much!(완전 고마워!)"로 벅찬 감사의 마음을 전했을 뿐.

래프팅이 끝나고 나서 "이러다 사람 죽겠는데?"라고 우리를 인도해준 레저회사 직원에게 말했더니 대답이 가관이었다.

"응. 실제로 죽기도 하지. 최근 사고가 한 5년 전쯤이었나?"

235

"폭포 떨어지는 벼랑 바로 앞에서 수영하는 그 Devils' pool(악마의 수영장) 있잖아……. 그것도 진짜 위험해 보이던데?"

"응, 거기도 사람 죽었지. 그건 한 7년 전인가?"

"……."

"하하, 그런 표정 짓지 마. 그땐 관광객이 죽은 건 아니고 관광객을 구하려던 직원이 죽었어."

K에겐 비밀로 하고(실은 걱정할까 봐 일단 하고 나서 나중에 알리고) 이런 죽을(만큼 재밌는) 짓을 맘껏 하고 다녔던 3주간의 아프리카 여행은 유학의 마지막 관문으로 도서관에서 사투를 벌이며 석사논문을 마무리한 나에게 주는 선물이었다. 여행이 끝나면 난 다시 한국에 있겠지.

결혼 1년 만에 영국으로

처음부터 계획했던 건 전혀 아니었고, 많은 우연이 겹쳐서 해외 유학행이라는 무지막지한 사태가 벌어졌다. 세상이 거꾸로 돌아가고 언론도 심각하게 병들어가던 시절이었다. 파업 시기, 딱히 중책을 맡은 것도 아닌 나였건만 덜컥 3개월 정직을 받았다. 해고에 정직에 부당전보에(기자와 피디에게 스케이트장 관리 업무를 시킨다든가), 고통을 겪는 회사 동료들이 100명은 족히 넘었는데 딱히 할 수 있는 일도, 언제쯤 나아지리라는 희망도 보이지 않아서, 그저 천천히 질식해가는 기분이었다.

계속 집에 누워 있는 것도 하루 이틀이지 정직으로 갑자기 생긴 3개월이란 시간을 때우려고 『사기(史記)』를 함께 읽는 모임에 나가고 영어를 공부하기 시작했다. 『사기』 읽기 모임은 몇 번 나가다 말았는데, 사마천이 극한의 '궁형'을 당하고서도 절치부심하여 역사적인 기록을 남겼다는 사실만으로 당시의 나에게 위안을 줬다. 그리고 영어 공부는 내 인생을 생각지도 못했던 방향으로 이끌었다.

시험이라도 있어야 공부를 좀 할 것 같아서 토플보다 훨씬 쉽다는 IELTS(아이엘츠, 국제 영어능력 시험)를 신청했는데 우연히 시험장에서 회사 선배를 만났다.

"어? 너 여기서 뭐해?"

"엥? 선배야말로 여기서 뭐하세요? 전 심심해서 영어 공부 하는데요, 시험을 봐야 공부를 할 것 같아서 시험이라도 보려고……"

"아, 그래? 그럼 영어 공부하는 김에 영국 외무성에서 주는 장학금이 있는데 그거나 한번 신청해봐."

나의 목표는 뚜렷하게 '현실 도피'였다. 정직 기간이 끝나고서도 한동안 낮 뉴스 진행을 위해 소품을 준비하는 업무를 맡았는데, '난 누구인가, 여기는 어디인가' 하는 우울에 깊이 빠져들지 않기 위해 영어를 공부하고 장학금 신청을 준비했다. K도 그냥 취미 삼아 저러겠거니 하고 구경하는 분위기였다. CV(이력서)가 뭔지도 몰라서 주민등록증을 복사해서 보내려던 걸 K가 발송 직전에 발견하고 황급히 알려줄 정도였으니…….

그런데 정말 운 좋게도 영국 외무성 장학금을 받게 됐고, 영국 대학원에도 합격했다. 결혼한 지 1년 남짓 된 '새댁'이 갑자기 도피 유학을 떠난다니, 모두에게 황당한 소식이었다. K는 '저렇게 준비하고서도 유학을 가는구나' 제도의 허술함에 기막혀 하면서도 잘 다녀오라고 빌어줬고, 양가 부모님들도 이 기회에 많은 것을 배워 와 더 훌륭한 사람이 되라면서 축하해주셨다.

어찌 보면 제일 당황한 사람은 나였다. 깨가 철철 넘치던 신혼 때였는데, 난 커다랗고 시커먼 이민 가방을 힘겹게 끌고 눈물을 펑펑 쏟으며 졸지에 영국으로 떠났다.

"우린 기자들이 실종되거나 죽어"

짧은 여행이야 여기저기 다녔지만 외국 '생활'은 처음이었다. 한국에서 내가 쌓아온 모든 관계와 위치와 역사는 순식간에 사라지고 난 그저 '동양 여자'일 뿐이었다. 한국에서의 나는 잊히고 완전히 벌거벗은 새로운 내가 된 듯한 기분이 충격적이면서도 싫지 않았다.

기숙사는 그리스, 브라질, 카자흐스탄, 아제르바이잔에서 온 사랑스러운 친구들과 함께 썼다. 그리스 친구는『그리스인 조르바』가 한국에서 인기가 많다는 내 말에 "요즘 그리스 사람들도 잘 안 읽는 책을 한국에서 읽다니 너무 신기하다!"며 놀라워하다가, 나중엔 내 로망이었던 그리스 결혼식에도 초대해줄 정도로 친해졌고, 브라질 친구와는 공용 부엌에서 술을 퍼마시다 종종 무아지경 막춤 댄스를 함께하는 막역한 술친구가 되었다.

대학원 국제언론학(International Journalism) 과정을 함께 공부하는 동문들의 국적은 스무 곳이 훨씬 넘었다. 전직 기자였거나 현직 기자인 친구들도 많았는데, 아프리카에서 온 기자들과 얘기하다 보면 '아, 약한 소리 말자!'라고 다짐하게 될 때가 많았다.

수단에서 온 서른 살의 프리랜서 기자 제이나도 그랬다.

"제이(내 영어 이름), 넌 유학 왜 왔어?"

"응, 그게 말이야.(한국 언론 상황과 회사가 어쩌고저쩌고…….) 그러니까 뭐 일종의 도피유학이지."

"그렇구나."(시큰둥)

"제이나는 왜 온 거야?"

"응……. 난 노처녀 됐다고 집에서 자꾸 내 마음에 들지도 않는 친척이랑 결혼시키려고 해서 장학금 받은 김에 왔지."

"뭐?! 친척이랑 결혼을 시키려고 한다고? 그냥 싫다고 하면 안 되는 거야?"

"난 그래도 부모님한테 많이 반항하는데 그러다 보면 나 대신 여동생들이 집에 갇혀서 들들 볶여. 언니처럼 되면 안 된다면서. 그리고 난 대학에서 벌어진 집회를 취재하다 감방 갔어. 수단에서는 기자들이 실종됐다가 나중에 시신으로 발견될 때도 많아."

"……."

기자는 사회의 '상식'을 기준으로 사안을 판단하고 기사를 쓰는 사람이라고 생각했는데, 그 '상식'이라는 게 하나가 아니라는 걸 온몸으로 느끼면서, 내가 '상식'이라 생각하는 여러 고정관념에 대해서도 하나하나 다시 생각해보게 됐다.

영국 뉴스에서는 보수정당의 총리가 출연해서 "동성 결혼은 보수적이고 전통적인 '결혼'이라는 가치를 지키는 거니 찬성한다"라고 말하고 있는데, 아프리카 여러 국가에선 법을 어기는 행위고, 사회의 근간을 무너뜨린다며 공공연하게 동성커플이 폭력과 혐오의 대상이 됐다. 중국 기자들은 공산당의 검열로 신문 1면이 통째로 삭제돼 백지로 나갔던 사건에 대해 분통을 터뜨리다가도 홍콩 우산 혁명 얘기가 나오자 '하나의 중국'을 깨뜨리려는 서방 국가들의 개입이라며 벌떼같이 일어나서 수업 중 토론은 '중국 vs. 그 외 모든 나라'의 패싸움처럼 진행됐다. 한국에선 무슬림을 접할 기회가 한 번도 없었는데 학교에서는 전 세계에서 온 독실한 무슬림 친구들이 돼지고기를 먹으면 안 되는 이유를 교리보다는 몸에 안 좋기 때문이라는 '과학적 근거'를 들어 한참 설명했다.

지도교수인 재닛이 만든 BBC 다큐멘터리는 오한이 들 정도로 충격적이었고, 언론의 역할에 대해 여러 고민거리를 던져줬다. 재닛은 이라크 전쟁에 참전했다 목숨을 잃은 한 영국 군인의 아버지를 데리고 이라크에 간다. 아버지는 너무나 절박하게 아들의 죽음에서 의미를 찾고 싶어한다. 소중한 아들을 잃게 됐지만 아들이 자랑스러운 죽음을 맞이

한 거라고 확인받고 싶어하면서 이라크인들을 만나 "영국군 참전으로 이라크 사회가 더 나아지지 않았냐"라고 계속 묻는다. 하지만 현지인들의 반응은 차갑기만 하다. 이라크인들은 냉소적으로, 때로는 화를 내며 "그렇지 않다"라고 답한다. 결국 눈물을 터뜨린 영국군 아버지 앞에서 "당신은 아들을 하나 잃었지만, 나는 가족 모두를 잃었소"라고 말하던 한 이라크인의 고통스러운 표정이 잊히지 않는다. 자국의 전쟁에 대해 우리 언론은 이렇게 잔인할 만큼 객관적으로 기록할 수 있을까. 난 그런 기자가 될 수 있을까.

이 광활한 우주에서

세상은 바뀌는 것 같으면서도 그 속도가 너무 느려서 답답하고, 일도, 일상도 괜찮은 것 같다가도 늘 새로운 고난과 고통이 찾아온다. 그러다 숨이 찰 정도까지 힘겨워졌을 때, 나는 나미비아에서 스카이다이빙을 하던 기억을 떠올린다. 또 유학 생활에서 배운 것들도 천천히 생각해본다. 조금만 떨어져서 생각해보면 우리는 이 광활한 자연에서, 우주에서, 잠시 머물다 가는 작은 존재이다. 내가 분초를 다투며 매달리는 이 일은 나중엔 기억도, 흔적도 남지 않을 것들이다. 내가 옳다고 믿고 있는 이 일도 기준과 상황에 따라선 얼마든지 달리 보일 수 있는 일이다. 그렇게 생각하면 다시 좀 힘이 생긴다. 그리고 희망도 생긴다.

신비로운 기린 무리가 아름다운 석양을 뒤로한 채 긴 목을 이리저리 흔들며 내가 있던 물웅덩이 쪽으로 다가와 오래오래 물 마시던 모습을 다시 보기 위해……. 아프리카에 꼭 다시, 이번엔 아이도 데리고 가야지.

기억하리, 빨간 불빛을

'아니, 앵커 중에 77사이즈는 정말 없는 거야?!'라는 황당함에 글을 쓰기 시작했다. 앵커 미션을 받자마자 코디님을 만나서 옷을 입어봤는데 77사이즈 앵커가 없다 보니 앵커룸에는 내게 맞는 옷이 없었다. 그래서 친구들에게 '세상에! 이런 일이 있었다'며, 부조리한 세상 어쩌고저쩌고 툴툴거렸더니, 그들은 너무 웃기다고 기록으로 남기라고 졸랐고, 그렇게 쓴 글들이 모여 책이 됐다.

"바빠 죽겠다면서 글은 언제 쓰냐?"고 물으신다면, 토요일 아침 뉴스를 마치고 집으로 돌아왔을 때라고 답하겠다. 뉴스를 진행하는 날이면 새벽 3시에 일어나니 한숨 자고 일어나서 시부모님 댁에 아이를 데리러 가야 하지만, 그냥 잠을 자는 대신 글을 썼다. 이미 얼마 안 남은 수명을 더 갉아먹는 것 같기도 했지만, 시간이 지나면 모두 잊을 테고, 온갖 의무감으로 가득 찬 일상에서 내 의지로 뭔가는 하고 있다는 기분이 들어 위안도 됐다. 글을 모 인터넷 사이트에 올렸을 때 워킹맘들의 폭발적인 반응과 따뜻한 연대의 댓글들을 보며, '아, 나만 이렇게 고단하게 사는 건 아니구나' 싶기도 했다.

처음 뉴스 진행을 시작할 땐 지상파 방송국에 40대 나이에 77사이즈로 갑자기 앵커가 된 여자 기자가 나밖에 없는 것 같아서, '다른 40대 여성 앵커의 등장을 막는 일만은 없도록 하자! 사고 치지 말자!'라는 부담감이 컸다. 그런데 지난 1년 남짓한 기간 동안 몇몇 방송국에서 40대 여자 기자 선배들이 잇따라 메인 앵커를 맡게 됐다(이분들이 77사이즈는 아닌 걸로 추정되지만……). 선배들의 멋진 모습에 가슴이 뛰고, 이런 발탁이 이례적인 일로 끝나는 게 아니라 커다란 변화의 시작점이 됐으면 좋겠다. 그리고 그 길에 '여자 앵커와 남자 앵커의 자리를 바꾸자!'고 했던 내 요구가 주춧돌까지는 아니더라도 아주 작은 돌멩이 하나쯤은 됐기를 희망해 본다.

1년 남짓한 시간 동안 경험한 스튜디오 안 세상은 취재 현장만큼, 때로는 그보다 더 치열했다. 앵커는 그저 프로그램의 일부일 뿐이었고, 아침 뉴스를 제대로 만들기 위해 모두가 잠든 시간, 뉴스 제작진들이 각자의 자리에서 최선을 다하는 모습을 보며 많은 것을 배웠다. 방송국에서 인사야 늘 있는 것이고, 토요일 〈뉴스투데이〉를 진행한 지도 예상했던 3개월을 지나 벌써 1년을 훌쩍 넘기고 지금은 자리를 떠나 본연의 임무, 기자 일에 더 집중하게 됐다. 하지만 아침 뉴스를 준비하는 스태프들의 모든 노력이 헛수고가 되지 않게 하려면 앵커인 나도 잘해야 한다는, 빨간불이 들어온 카메라 앞에서 느끼던 그 무거운 책임감이, 이 자리를 떠나도 오래오래 생각날 것 같다.

책이 나오기까지 감사한 사람들이 참 많아서 그 이름을 한 바닥 써내려가다가 지면의 한계로 눈물을 머금고 지웠다. 그래도 두 어머니 이상민 님, 이원희 님께는 인사를 꼭 드려야겠다. 내가 기자도, 앵커도, 엄마도, 큰 사고 없이 할 수 있었던 건 모두 어머니들 도움 덕분이다. 여전히 어머니들의 희생에 기대어 살고 있으니 감사하면서도 한편으론 너무나 죄스럽다. 내 모든 글을 가장 먼저 읽으면서도 늘 반응은 "좋은데" 한마디였던 멋진 K, 이 기록을 남기라며 처음부터 끝까지 나를 채근하고 격려했던 이 변호사와 양 부사장을 비롯한 훌륭한 언니들, 표류하는 원고를 끝까지 온몸으로 안아준 편집자님, 익명으로 책에 출연한 M본부의 수많은 동료들(사전 동의는 구하지 못했지만)에게도 이 자리를 빌려 진심으로 감사의 말을 전한다. 세상은 거칠지만 당신들 덕분에 살 만합니다!